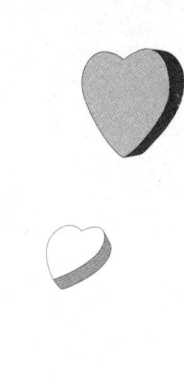

# 解不开的谜团

永遠に
解けない
パズル

[日] 市川拓司 著

侯为 译

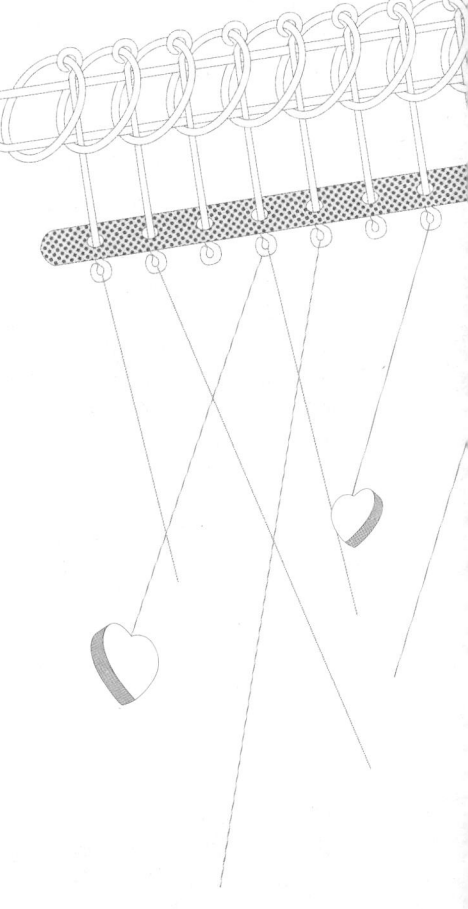

青岛出版集团 | 青岛出版社

## 图书在版编目（CIP）数据

解不开的谜团 /（日）市川拓司著；侯为译 . — 青岛： 青岛出版社，2023.3

ISBN 978-7-5736-0683-9

Ⅰ.①解… Ⅱ.①市… ②侯… Ⅲ.①长篇小说—日本—现代 Ⅳ.① I313.45

中国国家版本馆 CIP 数据核字（2023）第 012260 号

EIEN NI TOKENAI PUZZLE
by Takuji ICHIKAWA
© 2019 Takuji ICHIKAWA
All rights reserved.
Original Japanese edition published by SHOGAKUKAN.
Chinese (in simplified characters) translation rights in China (excluding Hong Kong, Macao and Taiwan) arranged with SHOGAKUKAN through Shanghai Viz Communication Inc.

山东省版权局著作权合同登记号　图字：15-2020-375 号

| | |
|---|---|
| 书　　名 | JIEBUKAI DE MITUAN<br>解不开的谜团 |
| 著　　者 | ［日］市川拓司 |
| 译　　者 | 侯　为 |
| 出版发行 | 青岛出版社 |
| 社　　址 | 青岛市崂山区海尔路 182 号（266061） |
| 本社网址 | http://www.qdpub.com |
| 邮购电话 | 0532-68068091 |
| 策　　划 | 杨成舜 |
| 责任编辑 | 霍芳芳 |
| 特约编辑 | 张庆梅 |
| 封面设计 | 今亮后声·核漫 |
| 照　　排 | 青岛可视文化传媒有限公司 |
| 印　　刷 | 青岛双星华信印刷有限公司 |
| 出版日期 | 2023 年 3 月第 1 版　2023 年 3 月第 1 次印刷 |
| 开　　本 | 32 开（889 mm × 1194 mm） |
| 印　　张 | 9.5 |
| 字　　数 | 180 千 |
| 印　　数 | 1—5000 |
| 书　　号 | ISBN 978-7-5736-0683-9 |
| 定　　价 | 49.00 元 |

编校印装质量、盗版监督服务电话：4006532017　0532-68068050
上架建议：日本 / 文学 / 畅销

# 目录

序章
*001—003*

一
*004—006*

二
*007—015*

三
*016—024*

四
*025—027*

五
*028—034*

六
*035—038*

七
*039—039*

八
*040—041*

九
*042—045*

十
*046—049*

十一
*050—056*

十二
057—060

十三
061—064

十四
065—067

十五
068—073

十六
074—077

十七
078—084

十八
085—086

十九
087—090

二十
091—100

二十一
101—110

二十二
111—113

二十三
114—115

二十四
116—118

二十五
119—121

| 二十六 | 三十三 |
| --- | --- |
| *122—125* | *152—154* |

| 二十七 | 三十四 |
| --- | --- |
| *126—131* | *155—156* |

| 二十八 | 三十五 |
| --- | --- |
| *132—133* | *157—165* |

| 二十九 | 三十六 |
| --- | --- |
| *134—138* | *166—168* |

| 三十 | 三十七 |
| --- | --- |
| *139—145* | *169—171* |

| 三十一 | 三十八 |
| --- | --- |
| *146—147* | *172—174* |

| 三十二 | 三十九 |
| --- | --- |
| *148—151* | *175—176* |

| | |
|---|---|
| 四十 *177—180* | 四十七 *217—222* |
| 四十一 *181—185* | 四十八 *223—224* |
| 四十二 *186—193* | 四十九 *225—227* |
| 四十三 *194—199* | 五十 *228—229* |
| 四十四 *200—201* | 五十一 *230—234* |
| 四十五 *202—205* | 五十二 *235—239* |
| 四十六 *206—216* | 五十三 *240—245* |

| | |
|---|---|
| 五十四<br>*246—247* | 五十八<br>*256—259* |
| 五十五<br>*248—250* | 五十九<br>*260—268* |
| 五十六<br>*251—252* | 六十<br>*269—286* |
| 五十七<br>*253—255* | 尾声<br>*287—289* |

## 序章

致某日将读到这本书的你们。

在很久以前,有位女孩曾在本校就读。这个"很久"有多久,就要看你们是在什么时候读到这本书了。如果你们是在我把它悄悄插入图书室书架(就在传记专架的《发明大王爱迪生》和《居里夫人的一生》之间)的第二天(即明天)取下这本书来读,那"很久"就是五年之前。

是的,这个故事仅仅发生在五年前。不过,从我的感觉来讲,它却像是发生在很久以前,甚至恍如史前时代的神话或传说一般。

由于这个,或许在这个故事中还织入了我自主创编的"虚构的回忆"。

哦,我当然力求准确无误地忆述这个故事,但因为所谓忆述也类似创作,所以即使生活于同一个时期,我也会讲出甚至令大家颇感惊异的不同情节——或藻饰以美化,或扩充以丰满,或舒展以升华。我们就是这样无意识地对记忆素材进行渲染润色，创编出"那个时候的回忆"的。

故事中的人物对话也是如此，无论我怎样忠实地对其进行再现，其中都会融入如今的我的话语特征。

假如你们感到在故事人物的对话中奇怪地带有成年人的语气，那就姑且把它看成是这种"无意识的润饰"的结果吧！虽说如此，但其实我们这些孩子年龄不大却相当成熟，因为"复杂的家庭状况"使我们有了跳级式的成长。

我在此顺带为自己稍作辩护——用已知的事实素材故作不知地创编"未知"的故事情节，实在是太不容易了。

虽然我在创作时总是极力佯装事先一无所知，但仍会偶尔吐露预言家般的话语。当你们看到这类话语时不必深入思考，泛泛浏览一下即可。


算啦，这些不说也罢。总而言之，我已经尽心竭力了——耗时长达五年的原因之一就在这里。因为不管怎么说，这毕竟是"工作"嘛，所以绝不允许粗制滥造。

我究竟付出了多大努力，你们读过这本书就会完全明白。

这本书也许根本不像人物传记，可我只会采用自己的写作方式。(而且说实话，它不仅绝非"一般意义上的传记"，甚至连"类似于传记"都算不上。虽然我本来接受了那样的委托，可在实际创作中并未完全照办。其最大原因就在于我曾思考过这本书究竟是为谁而写这一问题。关于这一点,我认为在正文中会有明确的揭示,所以敬请各位读者期待。)

但愿我能够令人满意地向各位呈现她的真实。

# 一

那天天气热得一塌糊涂,不仅气温高,而且湿度也相当大。

我来到站前大街的一家小书店,虽然店内空调发出吼猴叹气般的噪声(偶尔间杂着像被痰卡住似的颤音),但店内并不凉爽,只是比店外稍好些而已。

我穿着T恤衫,不时耸起肩头擦拭腮边的汗水,站在那里阅读日译版的《在好莱坞成为编剧的捷径指南》。虽然这个书名看似缺乏严肃性,但书中确实写了很多颇有助益的内容,我从心底想要得到它。

然而,这又是那种厚达六百页、价格贵得离谱的书。所以,我从进入暑假的第一天起就每天去书店埋头苦读(每天控制在三十分钟以内,因为我怕时间太长会被禁止入内。店主是个少言寡语的顽固老头,而且绝不可能对我格外开恩),争取在书店里尽快把这本书全部读完(若能做到,就把内容都背下来)。

因此，当有人拍了拍我的肩膀时，我着实吃惊不小，好像都喊出声来了。音量倒是不大，但浑身一哆嗦就没能控制住。我以为是店主老头在警告我，而且意识到该撤了。

可当我战战兢兢地回头看时，却是她——南川桃站在那里。

这令我更加惊诧不已，或者说茫然失措。因为我跟她虽是同班同学，但从来都没直接说过话。

"我跟您商量个事儿。"她说道。

那语气听起来似乎透着不满。她穿的白色T恤上罩着纯黑夹克衫，而且修身牛仔裤也是黑色。在炎炎夏季穿这身行头会是什么感觉啊？虽然我这样想，可她非但没出汗，还露出满不在乎的神情。

"您要跟我说什么？"

我做了什么惹她生气的事吗？我拼命地在记忆中搜寻，却根本找不到相关线索。那是当然的啦！因为在此之前，我的生活轨迹不曾与她有过任何交集。

"嗯，有件事想拜托佐佐君。"

拜托我？什么事呢？我更加迷惑不解了。

"什么事？"我问道。

"换个地方说吧，"她环视着店内答道，"在这里感觉心里不踏实。"

"嗯,明白了。好吧!"

于是,我俩去了隔着三家商店的某咖啡馆。

## 二

那家咖啡馆的名字叫"凡尔赛"。

虽说店名显得相当富丽堂皇,但里面与其说是像宫殿,不如说是感觉就像欧洲老城中质朴的古董店。此前,我从未来过这家咖啡馆,像这类有成年人气质的场所我总感到难以接近,而且我的零花钱很有限,恐怕连一杯咖啡都喝不起呢(或者说我本来就不喜欢咖啡那种苦味)。

当然,在这里是她请我。她好像是这里的常客,亲切地与戴着眼镜、长得像圣雄甘地的店老板互相打招呼。

店内有三个餐桌席位,其余就都是吧台座了。我俩坐在最里面的餐桌旁,另外还有一位顾客也坐在餐桌席位上。而在吧台旁还坐着一位长得像弗兰克·萨帕且留着弗兰克·萨帕式胡须的青年,一边啜饮咖啡,一边静静地看书。

"您喝什么?"她问道。

"我不喜欢喝咖啡。"

"哎呀,那太遗憾啦!这家店的咖啡好喝得很哪!"她说道。

"哦,那就算啦!"她又问,"要不来杯加冰可乐怎么样?"

"嗯,好啊!就来这个吧!"

"那……来两杯加冰可乐!"她向柜台里的店老板说道。

"您也……"我问道,"不喜欢喝咖啡?"

"我喜欢呀!"她回答道。

"只是为了……"她皱了皱眉头继续说道,"和您一样而已。"

"啊,是这样。"

"哎……"她从餐桌那边探过身来,把脸凑近我说道。

她眼睛好大啊,我心想,就像阿拉伯或哪里的猫一般。

"别总是那么客客气气的,能不能爽快点儿啊?"

"您的意思是……"

"首先就是相互直呼其名嘛!别再用'君'啊、'您'呀这些词啦!"

她说完还做出一副假装呕吐的样子。

"是这样吗?"我说道。

她扑哧一笑说:"什么叫'是这样吗'?"

"可是,你看,咱们还没亲近到直呼其名的程度嘛!"我说道。

"那从现在开始亲近就行了呗!你的名字叫时郎,对吧?"

"是的。时间的'时',一郎二郎的'郎'。"

"这个名字可不太常见。"

"这是我爷爷给我起的名字。因为他曾经是个钟表匠。"

"原来如此!"她说道,"不过,'时'在日语里还有其他读音,比如说跟'次郎'的'次'读音一样,对吧?"

"嗯,经常有人误读呢!"

"那……我也误读吧!"

"嗯?"

"以后我就管你叫'时郎'啦!"

"你把长音的'郎'读成短音了。"

"因为我家以前养的丝毛犬的名字就是这样,所以我已经叫惯了嘛!"

这太残酷啦,我心想。我怎么能跟宠物狗同名呢?算了,我不计较。

"南川同学的名字叫'桃',对吧?"

"嗯,桃太郎的'桃'。"

"你是3月3日出生的吗?"

"所以……"她说道,"我不是说过是桃太郎的'桃'吗?我是5月5日出生的。"

"哇!真有男子汉的感觉!"

"我爸妈也太不识趣了,是吧?在那天给我起个'桃'的名字,感觉就像想让我长大去降妖捉怪似的。"

如果是那样的话，我可就成了被桃太郎用糯米团子笼络同行的小狗啦！

"听说，这其实是我父亲曾经喜欢的书中的女孩的名字，说希望我成长为有勇气的孩子。"

"啊，那我知道。"

"哦？"她说。

"没什么，只是知道而已啦！"

然后，我们的对话进入了主题。

"我想拜托的事情，就是想让你帮我写点儿东西。时郎很喜欢做这样的事情吧？"

她怎么知道的？我又没专门宣传过。

"写东西？！写什么？"

"就是传记类的东西啊！"

"传记？谁的？"

"我的。"她答道。

"您……"我立即改口问道，"桃桃的？"

我嗓子里不知为何有些刺痒，像这样直呼女孩的名字还是第一次。而且，我对这种距离感也尚未适应——太近了。

"这不是常有的事儿吗？"她说道，"某个地方的某个人，出生于某年某月，在学校里学习成绩太差，可后来因为做了某种事情而成了名人。就是这种故事。"

"确实有这种事儿啊!"我说道,"可是,您……"

我刚开口,就被桃桃用手指弹了一下鼻头。

"疼!"

"罚你。你要是再这样说,我就揪你的耳朵!"

这不跟调教宠物一样吗?我心里这样想,却没能说出口。

"那好吧!"我说道,"不过,桃桃才十五岁嘛!就算有朝一日会成为名人,可现在不是还没做什么事情吗?而且你学习又不差!"

此时的我根本无从料想后来发生的事件,也完全没意识到她已做出了某种决断。

桃桃不耐烦似的摇摇头,乌黑的秀发在她的肩头轻轻弹动。

"那方面的事情不重要啦!总而言之,我忽然想到,我必须把这十五年间的事情记录下来。可是,我对写东西实在不擅长,所以才向时郎求助的嘛!"

"不过,你为什么偏偏找我呢?"

"我刚才不是说过了吗?你喜欢写东西,对吧?"

"我是喜欢写东西,可我从来没跟别人说过呀!"

"我读过作文集啦!就是四月时你写的命题作文《未来的梦》。"

"你读那种文章啦?"

"算是吧。"她说道,随即移开视线,凝视着咖啡馆的门。

我想大家都已经注意到了,我的梦想就是未来在好莱坞当编剧。顺带说明一下,我记得她在作文中写的是梦想将来当模特或演员——这确实符合她的个性。

我所景仰的编剧是伍迪·艾伦,能像他那样聪颖、幽默,并创作大量的浪漫故事,是我的最高理想。不过,我可不想连相貌都长得像他那样。

所以,我不分门类地浏览外国电影录像并阅读原作译本,没完没了地听外国的音乐。因为资料都是从图书馆借来的,所以缺点就是有些旧,但经典应该不分新旧。

"你很敬仰伍迪·艾伦吧?"

"你真的读过吗?"

"所以我刚才不是说了吗?不过吧,"她说道,"那样的话,时郎会被伍迪厌恶的!"

"嗯?"我问道,"为什么?"

"因为你看,这个人好像说过'我不喜欢那些喜欢我的家伙'吧?"

"不是啦!他说的是'我不想加入那些要我当会员的俱乐部'。而且,那都是电影里的对白,是格鲁乔·马克思的台词。"

"那不都差不多吗?"

真的是那样吗？我考虑了一下，随即问道："不过，你怎么会知道这些？"

"我哥吧，"她回答道，"上大学时参加了这类俱乐部，所以我也被灌输了各种知识。"

"原来你有哥哥？"

"哎哟！"她说道，"这就开始采访啦？"

"哪里呀！我还没做出决定，再说我还得准备中考呢！"

"那种高中，哪怕倒立着用左手答题也能考上嘛！"

所谓"那种高中"，是指我校多半学生都会报考的公立高中，只要不是那种脑瓜特别好使、家里特别有钱而去上私立学校的学生，大都会在那里落脚。当然，我自己也是那多半学生中的一员。

"而且，"我继续说道，"我还有自己想读的书和想看的电影……"

"所以嘛，"她说道，"我也没说叫你白干活儿，当然要付你酬金啦！那样一来，你就能买到喜欢的书，而且不必再看旧录像带，可以边吃爆米花边在大银幕上尽情观赏浪漫喜剧电影，不是吗？"

哦，是这么回事儿啊，我心想。我刚才忘了桃桃不是普通的十五岁女孩，她总给人以向斜上方偏出相当多的感觉。像她这样的年纪能轻易脱口而出"付你酬金"，果然是真正的千金小姐，早已习惯了用钱来驱使人做事。

她说出的酬金数额是我瞬间想到的数额的五倍还多。

"那么多？！"

"需要多少工时，我已做过粗略的计算，然后乘以学生兼职平均每小时的工资，就得出这个数啦！"

"你可真不含糊啊！"

"那当然啦！我想公平交易嘛！绝不可以搞剥削。"

我真没想到会是这样。如果真能赚到这么多钱，我就可以去书店买回那本《在好莱坞成为编剧的捷径指南》，端起特大号爆米花桶把嘴塞满，在电影院里度过剩余的全部暑假之夜。即便如此，也还会有很多富余。

只要把在书店里站着读书的时间用于写作，就可以毫不亏损地赚到大笔资金。

这个算法不会有错吧？

"明白了，"我说道，"这活儿我决定承揽啦！"

"太好了！"桃桃如释重负般地脱口而出。

我心想，这事儿好像越来越有意思了！好奇心如泉涌般翻腾起来。

说到桃桃属于哪种类型，其实我此前一直把她排在"不喜欢的类型"中。我不喜欢那个以她为首的群体，她本人给我的印象也与那个群体相差无几。

她不仅傲慢、任性、做事冲动，而且非常粗俗，或者说相当野蛮。这倒也并非因为她是女孩而如此评价，不管是男孩还是女孩，总之我特别害怕与那种粗蛮且自命不凡的家伙打交道，而愿意跟文静纯真的人接触（但过度文静的男孩也不太对劲儿）。

不过，像这样规规矩矩地交谈之后，我感到桃桃可能还有别的什么隐情。如果进一步详细了解，原先的印象或许还会发生某种改变。

这简直就像探测木星和土星的"旅行者号"，我就要成为绕行桃桃这颗星星的探测器了，要对她进行精确探查。

"然后呢？"我问道，"写好之后怎么办？"

"装订成一本书，悄悄地放在学校的图书室里呀！"

"啊？仅此而已？"

"是的，仅此而已。相当低调吧？这可不是什么沽名钓誉之举，只是单纯的记录，类似于白皮书那种读物。"

"南川桃的白皮书？"

"不是啦！"她说道，"标题已经确定了。"

"啊？是什么呀？"

"《她的物语》。"

桃桃说罢莞尔一笑，她的笑容那么迷人，令我深感不可思议。

"这种隐姓埋名的感觉挺不错吧？"

## 三

当我写到这里时,突然发现一个问题。

我还没告诉大家桃桃是个什么样的人,对吧?

虽说已知她是我的同班同学,而且是个千金小姐(对了,还有就是人不大架子不小)。不过,只介绍这些还远远不够,桃桃是一位与众不同的女孩。

因此,我在这里暂且把时针倒拨回去,粗略地讲述此前发生过的事情,当然还要顺带介绍其他各种背景。

桃桃来到这座城市是在我上初二那年的秋天,而我是在初三那年的春天开始与她成为同学的,但当时还不是同班同学。她父亲作为分公司的经理来这里的缝纫加工厂赴任,她就跟着迁居此地了。

那家工厂非常大,这座城市里三分之一的成年人都在该厂工作,而且我们班里有很多同学的家长也是该厂的员工。我母亲没在厂里,而是在附近的食堂工作,但因为顾客几乎都是该厂的员工，因此可以说我家的经济收入也都依靠那家工厂。

工厂俨如这座城市的老板，而桃桃的父亲就是老板的老板。

桃桃的到来甚至在同学中引起了轰动。不管怎么说，因为她是我们大老板的女儿，而她本人也显得极为出众嘛！

在迁居本市之前，她家好像住在比这里大很多的繁华都市。

最初在走廊上和大教室里看到的她确实就是那种感觉，显得非常高雅洒脱，即使同样身穿校服，也与其他女孩完全不在一个境界，简直就像个在以学校为舞台的电影中扮演女主角的明星。

当然，根据传闻，她在父亲那里特别制作了自己专用的校服。

"仔细观察就能看出来！"有个女孩说道，"她的裙褶比大家的稍窄，夹克衫的腰围也收小了，使用的衣料也应该是高级的吧。"

虽然我对此一窍不通，但这种"只有她的校服是高级定制"之说确实在女孩中传播开来，而且相当有说服力。

她的身材也确实很不错，高挑苗条，就是所谓模特的体形。另外，她的相貌当然是美少女那种。

所以，没过多久就有追捧者围拢在她的身边，估计有四五个吧,几乎都是缝纫加工厂干部的儿女。

他们都属于这座城市的统治阶级,之所以与我们同校就读,完全是由于找不到适合就近走读的私立学校,而并非因为心怀强烈的乡土之情或父母是彻底的平等主义者。

瞧,那伙人多么豪阔!尽管与桃桃相比还有些差距,但也都各具风采。

他们在学习方面也自然相当优秀,而且有的擅长吹短笛,有的会说葡萄牙语,都不在话下似的兼具某种特殊才艺。

虽说也能感到他们都有惹人生厌的特权意识,但我想这也没什么可大惊小怪的吧。因为不管怎么说,千金小姐有点儿豪阔高傲的架子也实属理所当然。

不过,在男生中却有两个招人厌恶的家伙,他们都是真正意义上的利己主义者,完全以自我为中心并充满攻击性。他们歧视怯弱的同学,除了对自己有用的人,对其他人根本不屑一顾。他们不仅吝啬、贪婪,而且撒起谎来也是面不改色。他们将来似乎应该去当政治家。我觉得一定能成功。

好啦,总而言之,因为特权团伙中即将有真正的"女王"诞生,所以这可是个相当轰动的消息。普通同学都把眼睛瞪得如碟子般大,竖起"小飞象"般的耳朵,关注着事态的发展。

"女王"的更替进行得十分顺利,因为等级相差特别悬殊嘛!

先前的"女王"名叫高见亚纪,她也是工厂干部的女儿,长相还算不错,身材倒也可以,经济条件中等。可能她在见到南川桃的那一瞬间就自愧不如——唉,自己只不过是她的替身演员而已,而真正的"女王"就应该是这样的啊!

亚纪赶快闪在一旁,仿佛在说"我已恭候多时",然后就把自己的位置让给了南川桃,因此根本没有发生大家先前所期待的"王位争夺战"。

亚纪的男朋友也是工厂干部子弟,名叫JG(那种家伙只用首字母称呼就足够了,没有任何明示全名的价值)。而在他迅速接近南川桃时,周围的同学们也都相当期待——这回可有好戏看了,说不定会闹得天翻地覆。

那个JG接近南川桃的方式很露骨。

我也常常看到,当南川桃经过走廊时,那家伙就像贴背幽灵般紧跟在她的身后,没脸没皮地频频搭讪。

我曾听传言说,他要赠送南川桃价格相当昂贵的耳饰或项链,但都被她斩钉截铁地拒绝了。想送礼以蛊诱人心,这种卑鄙的手段确如其人,何况对方还是个比他更加富有的千金小姐。

好啦，JG就是这样连续遭到了南川桃的冷遇。当然，他的这些举动也被亚纪看在眼里，而她的心中绝对不会风平浪静。

但即便如此，亚纪还是一直隐忍不发。这倒并非因为她宽宏大量，而是由于她的自尊心。她是不是在向周围宣示自己的宽容大度和高姿态呢？如果她此时动怒发威的话，恐怕结局会更惨吧。

亚纪既没责怪JG（至少在大庭广众之前），也没因此事与JG不欢而散。我觉得她这种较强的忍耐力确实值得赞赏。

如此这般，虽然形势的发展相当云谲波诡，但并未出现某些人所预期的暴雨雷电，在初二那年的秋季和冬季都没发生特别引人关注的轩然大波。

怎么说呢，南川桃这个意料之中的女孩，不会轻易地辜负大家的期待，她就像从实况直播中走出来的我们所熟知的名媛。

她特别慷慨大方。在车站前的大街尽头有家名叫"庄园"的咖啡餐厅，就是那伙人经常聚集的场所，总是由她来掏腰包买单。据说她每月能得到十万日元的零花钱！

有些同学对等级意识颇为敏感，对他们来说，作为客人被邀请到这家店用餐可谓信仰式的救助。那家装修过度、貌似是哥特式的咖啡餐厅，给人以某座大教堂一样的感觉。我想，可能有相当多的同学都曾来此"沐浴荣光"。

她绝对不会亲自搭话邀请，而是由身边的追捧者中的某个人轻拍对方的肩头说："哎，明天放学后能腾出时间吗？"

这就是说你被选中啦！

而被选中的同学都会欣喜若狂，不光是女孩，还有不少男孩也曾受到邀请，有时甚至一次就叫了五个人。

她先是招待了那些外表光鲜亮丽的同学，然后是学习成绩好或擅长体育项目的那拨人，而与厂方有着某种关系的可能都已招待过了吧。

我当然没被叫去过，因为我既不外表光鲜亮丽，除英语之外的学科也都成绩平平，体育方面更是毫无特长。而且，也不是（直接意义上的）厂方相关者。

当然也有人会予以拒绝，就是那些向往无阶级社会的同学。他们非但看不出这种活动的价值，甚至还对此采取蔑视的态度。我在某种程度上也属于这个群体，所以即使受到邀请，也会予以拒绝。

"那些家伙成天乐呵什么呀？"他们说道。

"可能再过不久就要开始招摇过市、占山为王了吧。"

而另一方面，那些欣然应邀的同学则兴奋得满面红光，骄傲地向别人讲述在"领主的豪宅"里发生的事情。

"我在那儿吃过蛋糕自助餐呢!什么样的糕点都可以吃,饮料也随便喝,还得到一条威尼斯玻璃项链呢!她说:'这是进口的真品,只用过一次,没有一点儿损伤,你拿去吧。'她的态度特别友好,既不装腔作势,也不摆架子!"

她这方面的手段与JG完全相同,或者算是一种催眠营销法吧。先用小恩小惠引诱客户上钩,然后再叫他们付出高额代价。对,就是这样狡诈地迷惑对方并摄取对方的魂魄。

好啦,我想她这些手段都取得了理想的效果,因为同学们已经接受了她这个外来户,至少内心丝毫没有产生过排外和攻击的念头。

不过,他们也并非那么容易甘心臣服,依然会在背后毫无顾忌地大发议论。

例如南川桃做过整容(这是最先传出的流言。这倒是有可能。哦,我不是说南川桃有可能做过整容,而是说有可能出现这种充满嫉妒的流言蜚语)。例如她的那些服装和首饰都是从商店顺手牵羊而来的。例如她是个不可救药的问题少女,在原先的学校里待不下去了才转到这儿来的……

那个问题少女问题太多了,除了"扒窃说"之外,还有"嗑药说"、与教员的"萝莉绯闻说"、"不洁异性交友说"、"不洁同性交友说"等,真是五花八门、无奇不有。

那些同学最煞有介事地交头接耳议论的是她有"慕男癖",爱与年长男性交往且频频更换对象。关于此事,所谓目击者也相当多。

"听说她曾经跟大学生年纪的摇滚风男子挽着手臂同行!""不,我曾看见她跟貌似美院生的长发男子在山丘上的公园里打情骂俏呢!""我看到的那个人是眼神忧郁的美男子,就像科特·柯本那种,两人特别般配!"

如果这些都是真事儿的话,那南川桃确实很了不起!或许她还需要一名专门调整约会日程的经纪人呢!

可是,那些八卦消息为什么都是这种形式呢?老一套的或者说是惯用句式的那种,好莱坞的花边新闻也是这种感觉,采用固定的套路展开并结尾。

例如名流们都会吸毒嗑药,还会热衷于复杂的风流韵事并乐此不疲(其人物关系图甚至近似"曼陀罗"),结果就是因轻度触犯相关法律要么缴纳罚款,要么就是极不情愿地从事一个月的社会服务活动。

之所以出现这种现象,是由于提供八卦新闻的这一方缺乏决定性的想象力而不能拿出高品位的独家报道呢,还是由于舆情受众生性喜欢看到这类信息?或者纯粹只是因为所谓名流原本就属于那类人?

虽说这些都是无所谓的事情,但还是发人深思。

有些人为什么总是对他人的谈情说爱和品行不端那么津津乐道呢？有时这简直就像是公开处刑。这种习性大概类似根植于本能的群体内监视体系吧。而现如今也已变成性格阴暗者们黏着性极强的泄愤方式了。

这让人略感郁闷。

好啦！总而言之，第二学年就这样结束了，初三那年的春季到来了。

## 四

虽然我和南川桃被编入了同一个班,但她给我的表面印象并无太大变化。或者可以说,我所持有的是那个群体对她的整体印象,而她自己的个性则不可思议地被掩盖于其中了。

在这个班级里也很快形成了她的追捧者群体,其中既有工厂干部子女,也有曾被邀请到"庄园"的普通同学。

她的座位在窗边靠后的位置,追捧者们总是围拢在那里热火朝天地闲聊,话题是小伙伴的恋爱进展和暑假旅行计划、时尚服饰和化妆品,还有各自的母亲所使用的脱毛霜和发蜡。

她还常常带某些物品进学校,大都是不会引起老师注意的小玩意儿,像名牌唇膏啦、在少男少女中颇有人气的银指环之类的。大家一起品评她带进学校的首饰,那个得到礼物的人喜不自胜,而有的人看到就心生羡慕和嫉妒,还有人望着对方的样子嗤嗤窃笑(再加上因为我也亲眼看到了,就觉得这种情景有点儿可笑)。

当然,她各门功课也学得很好。虽然令人感到不可思议,但她确实可以做到不用付出艰苦努力即可考出高分。哪怕是前一天通宵游玩或宿醉未消,在老师指名提问时也能马上起立并说出标准答案。

除此之外,她还很擅长体育运动,其中需要发挥身高优势的篮球和跳高项目已完全超出平均水平,就连体育老师都曾执拗地多次招呼她加入校队。

各方面都在预料之中,南川桃绝对不会放过任何机会,她确实是个与"女王"之称相称的全能人物。

那个JG也常来这里,虽然并不同班,但他仍会在午休时间带着他的伙计R2来谒见"女王"。所谓R2当然是从《曼达洛人》里面的那个机器人那里借用的名字,因为他的体形与其酷似,所以我就自作主张了。提到他时连首字母都不予采用,是因为对我来说他只能是这种存在而已。

我们学校的午餐基本上都是自带盒饭,有些同学没能自备,就由几家业者送外卖。每次排队等候时,JG和R2都会插队,而他们似乎把这当作顺理成章的事情了。不管怎么说,因为他们都是特权阶层嘛,在他们与生俱来的既得权益中,甚至毫无遗漏地织入了这种细微的条款。

他们在那里买到了不太常见的乳蛋饼和戚风蛋糕，想进献给南川桃，但都毫无例外地被她冷淡地拒绝了。他们也太愚蠢了吧。难道就不能学聪明点儿吗？

如果南川桃接受了他们献的殷勤，那她在我心中的形象就将恶劣到不可修复的地步。因为我对不正之风深恶痛绝。

看样子，南川桃对此好像也持同样的立场。也就是说，正因 JG 非常愚钝，所以才会"百折不挠"地重复那种遭到南川桃厌恶的举动。

我之所以如此尖锐地针对 JG，并非没有理由，那家伙总是令人感到态度极端傲慢，而某个事件则使这种印象在我的大脑中完全定格。

这件事也不能不写，因为对于本书来说，有个非常重要的人物与此事相关，其对后来故事的展开也有不小的影响。

## 五

那件事发生在春季新学年开始后的第三周的某个早晨。因为我当时不在现场,所以详细情况都是后来听说的,姑且就按亲眼所见的感觉来写吧!

这一天,居住在学区边界附近的某个女孩早早地来到学校,下车犹豫片刻后,就把车放在了新教学楼对面的车棚里。哦,对了,我得先介绍一下这个女孩的情况(我把顺序搞错了,抱歉),她的情况有些特殊。

她的名字叫菊池小百合,这个春季刚刚转来本校,而且是从别的国家转来的。

她是日裔第三代或第四代,多少还具有那个国家的血统,所以从外表上看与我们略有不同。她长得特别可爱——以我的标准衡量。

她的日语表达还不太熟练,因此在班里有些被孤立。

即使作为本国的转校生,要想融入新的班级都相当艰难(我自己就是在初一的中途转来的,现在还没适应本校呢),

更何况她外表特殊，还有语言交流不畅的问题，所以处境相当艰难。

她是因为母亲进入缝纫加工厂工作，所以才跟随而来的。但因为迄今为止尚无先例，所以她在各方面都吃了不少苦头。

她家经济非常困难，家人倾尽所剩无几的存款，出国来这里打工挣钱，所以不可能有什么富余。此前，因为母亲没给她买自行车，所以最初小百合要耗费近一个小时步行到学校。

这天早上是她第一次骑自行车上学，因为有个街坊实在看不下去，就把已经不用的旧自行车送给她了。

她没能准确估算骑车上学的时间，所以到校相当早，这是导致不幸发生的原因之一。再者，由于她是转校生，所以还不了解我校存车场的某种规矩，这是导致不幸发生的原因之二。还有，当天从早晨起就刮着相当强的南风，甚至把校长那复古式的假发套都吹掉了，这是导致不幸发生的原因之三。如果说得再详细些，那辆转送给她的旧自行车几乎从未检修过，支架部分有问题。

我想，讲到这里读者就已大概明白将会发生什么事情了。

小百合放学后去存车场，却找不到自己的自行车了。她巡视周围，只见存车场边的红松枝杈上高高地吊着一辆自行车，前后轮胎被开了洞，连一部分辐条也被扭弯了。

那正是她的自行车。

遭到如此沉重的打击,她不禁哭了起来。当然,那种做法实在是太缺德了。

因为树枝太高,小百合无法取下自行车,万般无奈下只能不停地哭泣。正在此时,本年级数一数二的不良少年加山飞男从旁边路过,他停下了脚步。其他同学都视而不见地走开了,因为大家都知道这是谁干的缺德事(多一事不如少一事嘛)。

飞男与小百合同班(前面已说过,我和南川桃也是同班)。

飞男看看哭泣不止的小百合,然后抬头望着吊在松树上的自行车。

"这是你的吗?"

小百合默默地点点头,飞男就从存车场把别的自行车拖到松树下,靠在树干上,然后登上后座架,抓住了小百合的自行车。

"能行吗?小心点儿!"她说道。

"轻而易举啦!"

飞男把自行车从枝杈上移开,并慢慢地放到了地上。

"谢谢你!"小百合发音笨拙地道了谢。

"不用……"飞男说道。虽然他的语调听上去似乎有些冷淡,但其实他是由于难为情。因为后来我问过他本人,所以不会有错。

"可这也太欺负人了吧，把车弄成这样还怎么回家呀？"

"说的是啊……"

正在此时，JG和R2这个二人帮来了。

"你这是管哪门子闲事啊？"JG朝飞男说道，"这辆自行车的刑期还没结束哪！"

"刑期？"飞男问道，"什么罪？"

"就算是违章停车和损坏器物吧。"

"你说什么呀？"

"这家伙……"JG指着菊池小百合说道，"把她的破车放在我们专用的位置上，还弄伤了我的爱车！"

原来是这么回事儿，飞男心想。

所谓专用位置是指离教学楼门口最近的区域，那里都被特权群体占用了。当然，这虽是他们擅自制定的潜规则，但并没有人违抗。

其实，他们的家长也在做相同的事情，例如总是在站前禁停位置停放高档外国车。任何人都知道那是本厂干部们的私车，但是，不知其中是否有什么猫儿腻，他们从未缴纳过违章罚款。所以，干部子弟这样做也根本不被当回事儿，因为他们只是模仿自己的家长而已。

JG骑的是意大利的梅花牌公路自行车，碳钢一体式框架，是一种标价为几十万日元的高档车。上学还骑这种车也真是很搞笑，再说这家伙的家距离学校又不远，他家并未划在需要骑车上学的区域之内。

无视法规就是JG这类人与生俱来的"预装程序",所以他们在成年之后都会满不在乎地偷税漏税,并向顾客推销假货和残次品。

我是后来才知道的,JG在前一天把他的公路自行车扔在学校回了家(把价值几十万日元的物品扔在外边一整夜,也不知道这家伙是怎么想的)。

菊池小百合一大早就来到了学校,毫不知情的她把自己的自行车放在了JG的公路自行车旁,后来因刮风,支架不稳,就歪靠在了JG的高档车上,这让JG怒不可遏,大概就是这么回事。

"你太小心眼儿了吧?"飞男说道,"你看你那自行车,不是早就破烂不堪了吗?这都怪你不好好骑。"

"喂、喂!"JG挺开心似的说道,"你知不知道你在跟谁说话哪?"

"这还不知道?"飞男答道,"不就是个硬装猴王的小气鬼吗?"

JG顿时满脸通红。

"原来如此啊!"他说道,"看样子,你是想让我把你砸个稀巴烂呀!"

"你行吗?"

"哦,在这儿就算了吧!"JG说道,"你老爸好像是本厂的员工吧？"

"你问这个干什么呀？"

"干什么呢？我自己也不知道啊！好啦，过不久就会出点什么事儿吧。你就等着瞧呗！"

JG的脸上露出得胜似的冷笑，带着R2离开了。真是十足的恶棍角色，表演得毫不含糊。

后来，飞男推着轮胎被扎坏的自行车，送小百合到家，第二天放学后又带着工具去帮她补好了轮胎。

飞男虽然是个不良少年，却不是恶棍。不良少年与恶棍的概念不同，有的不良少年也是恶棍，但飞男并不是。

他在学校学习不好，因为他压根就没心思学。口德也不好，动不动就会跟人打架（虽然他自己说那是"专守防卫"），也没有亲密朋友，即所谓独狼式、野狗型，虽然我这样比喻似乎不太合适。

他曾在街头遭到不良成年人的挑衅，后来反倒把对手压制住了。这可能是因为对手看他瘦削得弱不禁风，就轻敌了吧。然而，飞男却像蜘蛛猴般身手敏捷，对手挥拳打来却连他的皮都擦不着。

是啊，虽然怎么看他都像个彻头彻尾的不良少年，但我觉得他秉性温厚，比一般同学都富有人情味。

在班里，作为处于边缘化状态的同类，我们偶尔也会凑到一起聊天。

他虽然学习成绩不好，但其他方面的知识却很渊博，特别是70年代初的前卫摇滚音乐，他了解得非常详细，还说"那是受是西洋音乐迷的叔父的影响"。

他能轻松自如地哼唱绯红之王的《波塞冬的苏醒》。

他还说过"这个歌名是误译"，真不知该说他脑瓜儿不好使还是脑瓜儿聪明，真是个不可捉摸、匪夷所思的家伙。

这件事发生之后，他可能曾经遭到疑似受雇于JG的高中生团伙的群殴，不过他照例凭借自己的敏捷身手把损伤降到了最低限度。

我没问过他老爸有没有遭到报复，因为我觉得JG当时说那话也许只是虚张声势而已。

好啦，总而言之，这是四月底发生的事情的经过，从那以后似乎出现了某种变化。

JG只不过是个象征而已，人不能那样做事，不管是孩子还是大人。

那家伙让我明确认识到这一点。我认为确实就是这么回事儿。

# 六

那件事过了一个月之后,某星期天的傍晚,我跟母亲一起去市区的超市购物。

顺带说一下,即便被同学看到我跟母亲相伴同行,我也丝毫不会在意。我是独生子,与母亲相依为命,所以与其他同龄男孩相比,自我感觉在家里已经算得上是个好帮手了。

我父亲在我刚上初中时就人间蒸发了(在稍早前父母已离婚),原因是司空见惯的欠债问题。父亲同朋友们经营的影像制作公司因签约方未按约付款而破产,他就独自承担了全部债务。

虽说是人间蒸发,但那也是从讨债者的角度来看,母亲好像知道父亲的隐身之所。

言归正传,我在那家超市里看到了菊池小百合跟她母亲一起购物的情景。因为我与她不太熟悉(或不如说从未搭过话),所以就没打招呼,只是在远处默默地望着她们。

自从发生那件事以后,她在班里的处境进一步恶化,已从单纯地饱受漠视发展到了备受攻击。虽说倒还没有哪个家伙敢露骨地撒野动粗,却总是处处暗藏棘刺。

因此,我在超市里看到的她一副闷闷不乐的表情,而相貌与她酷似的她的母亲也同样面露沉郁神态。

她们可能生活得非常艰辛吧。我甚至开始琢磨能不能为她们做些什么,例如帮她解决学习方面的困难,帮她家里做些事情,等等。

我看到母女俩斟酌再三之后,只选取了一盒限时抢购的半价炸竹夹鱼排,放进购物筐后,就消失在收银台那边了。

母亲注意到我追寻那母女俩的视线后问道:"那好像是时郎的同学吧?"

"是啊!她叫菊池小百合,目前在我们班里经常受欺负。"

"哦……"母亲点点头说道,"确实常有这种事情啊!她是转校生,好像还是从外国来的呢!"

"嗯,就是这么回事儿!"

"你要对人家友善一些,对受欺负的人要勇于伸出援手!"

"嗯,我明白……"

我虽然心里明白,但这事做起来很难啊!

"她母亲可能也很艰难吧。"

"是吗?"

"因为是在那家工厂嘛!"

"嗯……"

"来我们食堂的顾客也都经常抱怨呢！"

"是这样啊！"

"她们都唉声叹气的，说工资那么少，却要干那么多活儿，每天累得筋疲力尽，连饭都吃不下去。"

"要干那么多活儿吗？"

"是啊！不仅劳动环境特别恶劣，而且上司的态度也极其蛮横！"

"可是，我听说公司赚了大钱啊！"

"岂有此理！把自己的富裕建立在别人的不幸之上。而且，我还听人说厂方做了很多不好的事呢！"

"是吗？"

"是呀！不过，如今这个时代在哪里不都一样吗？为了赚钱什么都做得出来啊！"

"这帮家伙太过分了！"

"对呀！可他们自己却根本不这样想。就是这帮家伙把世界搞坏了嘛！到处有贫困，到处有战争。区区一小撮贪得无厌的人，掠夺了大部分善良的人的幸福。"

"嗯……"

简单归纳一下，就是这么回事：世界上存在着如同吸血鬼般的群体，那些家伙虽然不会真的吸血，却会贪婪地吞噬我们的安康和欢乐。而被吞噬了安康和欢乐的人们，总是深陷缺少幸福感的"贫血"状态,终将彻底变得穷困潦倒。

"吸血鬼"们贪得无厌,他们为了满足自己的私欲,会掠夺上千人乃至上万人的幸福。

这是极为悲惨的事情。

# 七

对了,南川桃后来的情况也得介绍一下。

对于这件事,她从未吐露过任何类似表态的言论,与 JG 的关系也一如既往,虽然态度冷淡却并未彻底拒绝,只是循环重复着那司空见惯的场景。

对于那个群体来说,我们的愤怒和悲伤可能没有什么留意的价值吧。(哦,我明白,这些话确实说得有些过头。不过,当时我真的是这样想的。)

在这所学校里存在着两个阶层(就像整个世界那样),她属于那个阶层,而我属于这个阶层,我们之间横亘着大峡谷似的宽阔鸿沟,想要跨越这道鸿沟简直是难于上青天。这种深渊也存在于男性与女性、军警与难民、王子与乞丐之间。

如果他们拥有更多的共感力和同情心的话,一定会意识到自己做了多少过分的事情,一定会反省那样做确实不应该。如果他们真能这样做的话,大家就会变得更加幸福。

# 八

我记得那是在六月中旬，曾经在校外看到过她的身影，地点是政府大楼后街图书馆里的某间阅览室。当时她正在专注地阅读什么。因为此时没有追随者众星捧月，所以她看上去非常孤独，就像一个我不认识的陌生女孩。

她穿着黑色针织外套和黑色牛仔裤，这也令我深感意外。原先我以为她总是一身华丽的装束，而此时她似乎在尽量遮掩自己那容易引人注目的身姿。

我悄悄地观察着她，尽量避免被她发现。过了片刻，她合上书本站起身来，又像寻找什么似的巡视周围（我赶紧躲在书架后边），然后脚步缓慢地走向文库本书架。我立刻跟了过去。

她把刚才读过的书放回原处后，再次巡视周围（这回好险，因为身边没有便于藏身的书架，我慌忙蹲下来，鼻尖差点儿碰到眼前的书桌），然后直接经过前台，消失在门外。

她走之后，我就去她刚才放书的位置查看。

因为我无意间记住了这本书封面的颜色,而且它没跟其他书完全对齐,所以我断定就是它了。

这本书的书名是《愤怒的葡萄》,我觉得好像在哪里听说过,却并不了解其中是什么样的内容。这又是令我颇感意外的一面——她是个爱读小说的女孩,而且是这种看上去有一定难度的外国文学。

我原先以为她是那种女孩。怎么说呢,就是那种只翻阅时尚服饰杂志的貌如其人的女孩。而现在想来,我的看法好像并不准确。

这里也有一道又深又宽的鸿沟(不理解和误解绝对不是单方面的),就像横亘在我们之间的大峡谷一样。距离实在是太遥远了,无法准确揣测对方的心思。那又该怎么办才好呢?

## 九

我想大家已经大概了解了我们的简单前史、各种人物的关系图，以及我对南川桃的印象。

那么，我想在这里再来一次时空穿越——我们就从那天穿越到第三天，大家也可以理解为开篇就此结束，正篇即将开始。

首先从长篇采访开始。

既然是为依然健在的人撰写传记，那么作家一定会这样做。桃桃也说："这是理所当然的程序，对吧？"

采访的地点就定在她家里，这也是她的提议。

"你不会想让别人看见吧？街上到处都有同学逛来逛去，而且那些家伙就像贪嗜八卦新闻的丧尸似的，你一不留神就会成为其猎物。时郎应该会很不适应。"

她说的没错，我与她不同，是个近乎完美地与飞短流长无缘的人，并且希望今后也尽可能地保持这种状态。

因为我觉得一旦显山露水，就会招致危险，而且我不像很多男孩那样，希望有不特定多数的女孩喜欢自己。我只需自己喜欢的人喜欢自己。就算在不特定多数的女孩脸红心跳的坦露中没有出现我的名字，我也毫不在乎。

只有一位女孩例外，虽然我曾暗自想那位女孩"还算不错"，但因为这是"她（桃桃）的物语"，而并非"我的物语"，所以我不打算在这里提及。

犹如无色无味的稀有气体般的存在，这就是我的愿望。因此，要尽量避免被本校那帮人看到我跟桃桃在一起——"非稀有气体"般的事态。而且如果这事传到那位女孩的耳中，我那本来就很渺小的梦想就会变得更加渺小。

在"凡尔赛"谈妥交易后的第三天，我骑着自行车前往桃桃告诉我的住址。

她相当忙碌，能够自由支配的时间相当有限。她要去上中考夏季辅导班（她当然要报考名门私立高中），还要上一对一的英语会话课，还要参加朋友们的社交活动，还要同父亲聚餐（去豪华的法国餐馆，她说"那就像是一种工作午餐"，其实是跟身担要职、公务繁忙的父亲会面）。

这一天安排的采访时间是下午两点到四点，据她说这个时间段家里没有别人。

她母亲好像并不清闲，也要去参加地方城市名流们优雅的社交活动。

我听她说明住址时立刻有所领悟——肯定就是那里,位于市区边缘的某处别墅区。

虽说是别墅区,却并没有什么特别博人眼球的美景,只是有个比普通池塘大一圈的湖泊,以及不知是橡树还是栎树的广阔树林。

曾几何时,一位小有名气的画家在这里建起了工作室,于是这里莫名其妙地变身为附庸风雅的文化人的圣地。从那时起,湖畔一带就被称为别墅区了。

她家果然就像是那种"小有名气的画家"的寓所兼工作室,是和洋折中的单层式建筑,前面有一片露台,摆着造型别致的铸铁长椅。

我把自行车放在铺着碎石的门廊里,随即登上露台的石阶。

读者可能已经想到,我这当然是第一次来女孩家里。

不知为何,我突然心跳加快。这到底是怎么回事儿?我很纳闷。是忐忑不安,是单纯的紧张,还是有所期待?

门上有个狮子脸形的大门环,我就拍了拍它。

里面没有回应。我稍等片刻又拍了几下,可还是没有回应。

怎么搞的?不是约好的吗?难道她忘了吗?

我百无聊赖地环视周围。

只见前院被草坪覆盖,再往前一点就是湖畔,那里难免俗套地点缀着一座栈桥,木桩上系着一叶扁舟。

我觉得这简直就像电影中的画面。异国的电影里就经常出现这样的构图,与我和母亲相依为命的简易公寓中的景象迥然不同。

"你在干什么?"

听到询问,我回头望去,只见桃桃正在窗口看着我。

"因为我叫了门没有回应嘛!"

"叫了门?你按门铃了吗?"

"门铃?"

我再一看,只见门边真有个电子门铃按钮。

"我用这边的狮子门环叫的门呀!"

"怎么会那样?"她说道,"你是哪个朝代的人啊?那肯定只是装饰而已嘛!"

十

桃桃说她刚才在戴着耳机听音乐。

怪不得她没回应呢！像那种复古式门环发出的复古式声响不可能传到她的耳中，如今它只能是发明电子扩音器以前的那个时代的遗产了吧。

桃桃把耳机递给我听，那是雷蒙斯的《希娜是个朋克摇滚歌手》。

"我知道这首歌，"我说道，"是雷蒙斯唱的吧？"

"你怎么会知道？"她用惊讶的语调问道，"时郎到底是哪个朝代的人啊？"

"这首歌曾被用在惊悚片《宠物坟场》中，其原著作者斯蒂芬·金是雷蒙斯的歌迷。"

"噢，是这样啊！"桃桃说道，"难怪呀！我在一瞬间以为时郎是时空旅行者呢！"

"如果真是就好啦！我太向往那种境界啦！"

"这又是哪部电影里的吗？"

"也许是吧!"我答道,"这也是受你哥的影响吗?"

"是呀!我哥的收藏,不错吧?"

"嗯!特别有朝气,确实不错!"

她说"你坐在那边的沙发上吧",我就轻轻地坐在那张看起来非常昂贵的黑皮沙发上。

"你喝点儿什么吗?可乐,还是姜汁清凉饮料?还有我妈特制的鲜果汁呢!据说能让皮肤年轻十岁。"

"好,就要那个吧!"我说道,"近来,可能是因为年龄增长,皮肤失去光泽了。"

桃桃抿嘴一笑,转身走进里面的厨房。

她在厨房里窸窸窣窣地忙活时,我仔细地察看了这个房间。这里肯定是所谓起居室吧。

反正面积很大,加上相连的厨房或许有三十铺席。墙面已经斑驳变色,地面铺的是石地板,倾斜的天花板上露出粗壮的大梁,下面由原木柱支撑着。

在沙发前面,摆放着厚重的老式咖啡桌,上面不知何故随意地扔着五六个拳头大的石块。

墙边的唱片盒古色古香,我想那肯定价格不菲。这种物件虽然都是旧货,但价值却高得惊人。

正面墙边有个石造壁炉,就是那种燃烧木柴的真壁炉。

这很像电影《无尽的爱》中的某个画面。这部影片由波姬·小丝主演,其实汤姆·克鲁斯也曾在本片中短暂露面,但差评如潮。

"你为什么脸红?"桃桃问道,随即说声"给你",就把果汁递了过来。

"脸红?"

"对呀!你看着暖炉默默地笑,难道是因为有那种恋物癖吗?"

"不是啦!"我说道,"在那部电影中,波姬·小丝在壁炉前跟年长的情人……"

"嗯。"

"不……"

"什么呀?跟年长的情人?"

"做……"

"做?"

"没什么……"我说道,同时感到脸蛋发烫。

"哈哈。"桃桃似乎挺开心。

"明白了,就是带'做'的那个词吧?"

"别……别说这个了。"

"时郎还挺清纯的呢!"

"十五岁不就是这样吗?"

"这个嘛……"她说完抿嘴一笑。

我突然发现,桃桃有点像波姬·小丝——楚楚动人的眉毛,浓密而稍呈波浪形的长发……,是的,还有那双有点儿像阿拉伯猫的大眼睛。

如此好莱坞式的美少女以及如此真实的壁炉,真是完美的搭配!再加上听说她跟年长的男子交往,如此看来她当然已经……

"你在看什么呀?"桃桃问道,"我脸上沾什么东西了吗?"

我使劲地摇头,并把视线从她脸上移开。

可是,烙在我大脑里的桃桃的脸与波姬·小丝的脸重合,并且已经自动开始上演那个场面了——在壁炉火光的映照下,那男子的手轻轻地伸向她的长发……

"这房子真好啊!"

此时我得聊点儿别的以转移我的关注点。

"听说这里曾是一位小有名气的画家的别墅。"她回答道。

"嗯,我知道。"

"我家刚搬来时曾经看过几处房产,可我妈一眼就相中这里了。我爸说,反正指不定哪天又要搬去别处,所以至少在这里要满足妈妈的心愿。于是就决定买下来。"

"你以后还要搬走?"

"大概吧!"桃桃答道,"因为我爸虽然挂着董事这个夸张的称呼,可说到底也就是个微不足道的中层管理者而已。"

## 十一

采访就在这间起居室里进行。

"过几天再让你看看我的房间,因为我估计那也会包含在采访的内容当中。那座独屋原先是前房主的工作室,现在是我的房间。"

虽然这引起了我相当大的兴趣,但看起来要想参观还为时尚早。

桃桃有她自己的程序,其中能隐约感到"少女遇见少男"式的矜持和优雅——你先别急,咱们慢慢互相了解,好吗?

我从带来的双肩包中取出崭新的笔记本和圆珠笔,摆在咖啡桌上。

"你还挺像那么回事儿。"

"嗯,好歹也算是采访嘛!"

"那好吧!"

"嗯哼。"我清了清嗓子,然后向坐在对面椅子(好像是叫伊姆斯躺椅，还带着垫脚凳，她就把脚搭在那上面）上的她提问。

"那……我就先从你出生时开始提问吧！"

"还得从那时开始吗？"

"嗯！"

这简直就像电影中常见的精神科医生在做问诊，感觉挺酷的。

她窸窸窣窣地扭扭屁股，调整了坐姿。今天她穿的是肩膀系带的深灰色连衣裙，膝头微露。我感到心头稍稍有点儿发热。

"我说过我的生日是5月5日，对吧？"

"是的。"

"在我出生那阵儿，我爸是服装公司的营销员。我妈是演员，我爸的公司为音乐剧提供演出服装，他俩就相遇了。"

哇！我在心里惊叹，就连母亲是女演员这一点都与波姬·小丝相同啊！如果是平凡的血统，根本不可能有那种高贵气质。

"我是在纽约出生的，恰逢我爸他们公司开始扩张并向海外迅猛发展的时期。不仅是纽约，我还去过很多其他的城市和国家呢！"

"那……你属于海归子女？"

"算是吧！不过我在六岁时就回国了，所以外语都忘得差不多了。"

"你已经转学好多次了吗？"

"是啊！因为我爸他们公司要连续增设很多分店和分厂，我爸每次都担任统管新项目的经理。"

"是这样啊！"我说道，"可是吧……"

"嗯？"

"像你这样从外地来的转校生就没受到过排挤吗？"

"哎呀！"她说道，"你可真会问呀！"

"因为我自己就有过这种经历。"

"嗯，我听说过。"

"怎么会？！"

"你别这么一惊一乍的。"

"不，我总以为自己是个完全跟风言风语绝缘的人呢！"

"你好傻哟！"她笑着说道，似乎感到我很滑稽，"那怎么可能呢？没有任何一个学生能躲开风言风语。更何况时郎是来自遥远城市的转校生，据说大家都对你非常感兴趣。而且，时郎好像有某种谜一般的特点。"

"谜一般的？我吗？"

"你既不跟任何人交往，也从不对别人讲自己的情况。偶尔交谈几句吧，对象居然是那个飞男。女孩们都特别在意你，甚至感到心神不定呢！"

啊，果然如此，我心想。

"我觉得……"

"嗯。"

"飞男是个好男孩，长得有点儿像瑞凡·菲尼克斯。你知道他吗？"

"嗯，知道啊！电影《伴我同行》的主演，对吧？"

"对呀对呀！飞男那小子学习不好，又是个不良少年，可要是精神再振作些的话，我敢肯定女孩子们是不会放过他的。"

"时郎也是吧？"

"嗯？你刚才说什么？"

"你看过《不羁的天空》吗？"

"看过啊！"

"我一看到你俩就会想到那个。"

"那个做男妓的？"

"对，做男妓的那两个人。时郎有点像那个斯考特。"

"斯考特？就是基努·里维斯扮演的那个斯考特？"

"嗯，我想就是那个斯考特。"

慎重起见，我要说明这可不是我自己的创作，而真的是她说出来的。

这太棒啦！我是斯考特？她说当我和飞男在一起时，她会把我俩看成那部《不羁的天空》中的斯考特和麦克。基努·里维斯扮演的斯考特，可我与他相似的却只有白皙的肤色和"富士额"呀！

我还很不习惯被别人拿出来当比较的对象，因而此时完全乱了阵脚。也不知从何时起，采访者和被采访者发生了角色转换，我就把自己来到这座城市的缘由完全向她坦白了。

"那照你这么说，是你母亲的朋友把你们叫来的？"

"嗯，因为估计讨债的人不会追到这里。"

"可是，你父母不是已经离婚了吗？"

"嗯，因此从法律上讲，我母亲已经没有任何责任了，可那帮人好像根本不懂这些。"

"时郎也吃了不少苦啊。"

"吃苦的是我母亲。我自己倒是过得无忧无虑、自由自在。"

"想当编剧，"她问道，"也是受你父亲的影响？"

"嗯，因为我爸上大学时参加了电影研究会，他跟我妈也是在那里相遇的。"

"你母亲是女演员？"

"怎么会呢？我家跟你家不一样，我妈那时是做场记员。"

"哦？"她说道，"将来时郎上了大学，也要参加电影研究会吗？"

"不，"我答道，"我根本没想过上大学，甚至连高中都不想考,可我妈却叫我无论如何都得考。"

"你连高中都不想考?为什么呀?"

"我想尽早就业。"

"可你当编剧的梦想呢?"

"一边工作一边学习就行了呗!伍迪·艾伦也没读完大学,最初是从搞笑段子写手开始职业生涯的嘛!"

"是这样啊!"她说道,"你们都那么坚韧不拔,我确实是生在福中呀……"

如此这般,我当天还没采访到什么实质性的内容就到了结束时间。

这样怎么能行呢?我必须发挥职业水平。这还能为将来积累经验,而且拍一部纪实影片也挺好嘛!我应该一边在头脑中描绘电影画面,一边采访她。

除了伍迪·艾伦,我还特别景仰另外几位电影人。其中有个叫卡梅伦·克罗的人确实太厉害了,他才十五岁就给《滚石》杂志投了篇乐评稿件。二十五岁时,就担任了爱情喜剧电影《开放的美国学府》的编剧。

我想,如果自己也能像他那样踏上人生发展之路该有多好。

首先,我要作为年轻写手开始职业生涯,在积累了足够的实践经验之后,以丰富的阅历为素材编写一部电影剧本。

英语实力也很重要,因为我的梦想是在好莱坞当编剧。要想实现这个目标,我还需要做大量的功课。

不过,目前先要做好对她的采访工作。

## 十二

我跟桃桃大致每五天会面一次,每次采访一个小时。这就是我们在暑假期间的基本安排。

到了暑假的后半期,我对她已了解得相当详细了。

虽然首次采访遭受了挫折,但此时我已彻底实现了大逆转。

"像你这种从外地来的转校生,就没有受到过排挤吗?"

"有过。"她回答道。

"这是没有办法的事情嘛!要是像那种从画中走出来的美少女倒还罢了,可我呢,你瞧,就这个样子嘛!所以别人会说'这是谁家的丑丫头?'。"

"你明明这么漂亮!"

"哦?时郎是这么认为的吗?"

我听到此话,心里咯噔了一下,但立刻予以反击。

"如果有人不这么认为,我倒要问问他呢!"

"哎哟,你还挺要强啊!"

"因为我是公正的写手,我可不会歪曲事实。"

"哦?是这样啊!那你完全值得信赖。"

"然后呢?"我问道,"回答是什么呢?"

"长得'漂亮'也是麻烦事之一呀!"她答道,"从过于显眼这一意义来讲。"

"是这样啊!"

"或许埋没在众人当中才是最安全的吧。像我这样的会被很多女孩敌视。这是我长期以来的烦恼。"

"不过,目前看起来,你跟周围的人相处得挺好嘛!"

"因为我在不断地学习呀!即便如此,也总是提心吊胆,稍不留神就会被人从身后猛地捅一刀。"

"真的吗?那太吓人啦!"

桃桃大声地笑了,笑得非常开心。

"时郎恐怕不行吧?因为这就像在处处埋着地雷的舞场里跳舞啊!"

"不,"我说道,"跳舞那玩意儿我根本不行,我实在是太笨了!"

"哦?有机会我真想试一试呢!"她说道,"我要跟那个说自己太笨的男孩跳跳舞,一定会很有趣吧?"

"那可难说啊!"我答道,"我看还是算了吧!到时候两人的腿会像九连环似的缠绕起来摔倒呢!"

她对于所谓"处处埋着地雷的舞场"没再多说什么。

对于她与父母之间的事情,她也讲得很少,说没什么值得讲述的回忆。

"我爸是个超级大忙人,因为去国外出差不在家已是多年以来的常态,所以对于作为女儿的我来说,父亲就像'雪男'般的存在。虽然传说有这么个人,却不知道去哪儿才能见到。就是这种感觉。"

"这种感觉我知道,因为我从电影里看了很多。"

她轻轻歪歪脑袋,耸了耸肩,这种好莱坞式的肢体语言也挺有范儿,不愧是海归子女。

"真正算得上见面的时候只有在旅行中,可我爸全程参加的却好像一次也没有。而且即使全家难得凑到一起,他也总是在跟别人打电话。"

"那旅行也都是去国外?像巴黎呀罗马……"

"我们专去伊比萨岛和撒丁岛,因为我妈喜欢海滨。"

"海滨?你母亲会钓鱼吗?"

"怎么可能呢?"她笑着答道,"根本不可能啊!我妈只是在椰子树下喝迈泰鸡尾酒,还要厚厚地抹上防晒系数很高的傻帽儿防晒霜呢!我妈好像特别喜欢夕阳,所以她总是选择那些能眺望落日的海滨度假酒店。我哥以前经常玩冲浪,可我不太爱去海滨。"

"那你都在哪里呀?"

"我就在市区转悠,像那些游客不太去的地方。我就在那里逗逗猫咪,或者跟哪里的老爷爷开开玩笑。"

"那不太可惜了吗?既然出去旅行。"

"我很快乐呀!我不喜欢疲于奔命似的疯玩儿,闲散的度假方式更适合我。"

"真是那样吗?"

"就是这样嘛!"

## 十三

听她介绍的关于她母亲的情况,确实有种"女演员"的感觉。

"我妈是旧世家的大小姐,而且美貌出众,从小受人宠爱,所以现在就变成了那样。"

"哪样?"

"大家闺秀,永远的公主嘛!"

"那跟你有什么不同呀?"

"我跟我妈完全不一样。我妈特别喜欢周围人恭维、奉承她,总是希望男人们围拢在她的身边向她表白、示爱,就像光合作用似的,没有那些她就会枯死。可是,对于我来说,那些东西简直令人作呕。"

"哦?是这样吗?"

"这有什么好大惊小怪的,我感觉被你误解得很深呀!"

"可你不也总是被周围人恭维、奉承,而且得到男人们的表白和示爱吗?"

"因为我就扮演那种角色,所以不得不尽量忍耐。其实并不是因为我自己喜欢才那样做的呀!"

"这就说不通了吧?"

"什么呀?"

"可是,凡是女孩都会有这种梦想,她们都想当公主吧。"

"哦?"她说道,"那肯定因为我不是女孩。"

"那你是什么呀?"

"那会是什么呢?"她说道,"难道我是给公主下毒的巫婆吗?"

据桃桃所讲,她母亲连家务都不怎么做,就因为她总是忙于四处炫耀并听人说恭维话,所以根本顾不上管家里的事情。

"她丝毫没有做母亲的自觉性,对待自己的孩子就像对待宠物似的,一会儿疼爱得死去活来,一会儿又兴味索然,完全丢开不管。从某种意义上讲,这是不是豪放得有些出格啦?"

"那……是谁把你带大的呢?"

"有个像保姆那样的人,就是家政员兼奶妈吧。据说是从捷克还是匈牙利那边来的,感觉是个温和的老太太。"

"哦,这我也在电影中经常看到,大都是胖胖的身材,还非常爱聊天。不过,人都特别好,是吧?虽然有时也挺严厉，但那也是一种爱。"

"我家的保姆既不胖，也不爱聊天。"

"哦，是这样啊！"

"我哥也一直在家呢！"

"你哥比你大几岁？"

"大八岁。"

"差不少呢！"

"因为我是意料之外的孩子。"

"意料之外？"

"原本我妈只想要一个孩子。"

"哦，是这个意料之外呀……"

"这不是常有的事吗？夫妻酒喝多了，一不留神就……。我妈没准儿还是在伊比萨岛怀上我的呢！可能我爸我妈迈泰鸡尾酒喝多了，一不留神就有了我。"

"我觉得从某种意义上讲，在伊比萨岛怀上我是相当奢侈的事情。"

她用鼻腔哼笑了一声，这一笑相当动人心弦。

"回到这边之后，我哥就像是代替了父母一样。"她说道，"我和我哥互相帮助，直到现在。"

"这就是说，桃桃也是所谓'哥哥控'啦？"

"你怎么突然转到这个话题了？"

"可是，电影里……"

桃桃突然发出刺耳的笑声。她的笑声真是千变万化。

"原来是电影啊！好吧，确实是那样，我非常喜欢我哥。"

"你们两人在一起时相互怎么称呼对方呢？"

"啊？"

"你跟别人说话时才用'我哥'吧？"

"你为什么会这么想？"

"'为什么'？！"

为什么呢？

"别管为什么，反正我就这么想的嘛！那到底该怎么称呼啊？"

"嗯……"她稍稍考虑了一下，"其实就是叫'润哥'，因为我哥的名字叫'润一'。"

"嗯，那挺好啊！"

"什么呀？"

"我们的信赖关系。"

"这是哪儿跟哪儿啊？"

"这就叫'素颜相见'。因为假话和隐瞒越少越好呀！"

"我就是这么想的啊！"

"嗯，这样挺好。"我说道。

"以后你就明白了。我越来越相信这本书会很棒。"

## 十四

我曾与那位豪放的公主妈妈会过一面。

在暑假过半的某一天,我照常在桃桃家的起居室里采访她。这时,她母亲突然回来了,说是没心思参加约好的聚餐,就临时取消了。

一见面我就惊呆了。为什么惊呆了呢?因为她母亲显得太年轻了!桃桃的母亲应该比我母亲还大,可看上去仿佛不到三十岁,而且美貌超群。

我觉得她比桃桃还漂亮,桃桃可以说正处在变化的时期(因为才十五岁),而她母亲成熟、漂亮,性感得一塌糊涂,就像那个扮演第八任邦女郎的珍·西摩尔。顺带说明一下,我还是喜欢电影《时光倒流七十年》中的珍·西摩尔,和她一起出演对手戏的是那位克里斯托弗·里夫。

"哎呀!来客人了?"桃桃的母亲问道,甜美的声音稍稍带点儿鼻音,"桃桃,有朋友来真少见呀!"

"嗯,是呀!好啦,快去里边儿待着吧!"

"当然啦！我又不是爱当电灯泡的土老帽儿！"

"行啦，行啦！"

桃桃的母亲问我叫什么名字，桃桃"喊"地喷了一下舌。

"哦，我叫时郎，佐佐时郎。"

"哦，请你多多关照桃桃，这孩子很少叫朋友来家里。"

"哦，是吗？……"

桃桃的母亲浑身散发着好闻的味道，就像完全成熟的南方的果实……

"哎，你看他是不是有点儿像小润？"她望着桃桃说道。

"妈妈！"桃桃大吼一声，她母亲故意做出非常惊讶的表情，并朝我递来同伙似的眼神。

"你瞧，这孩子总是这样。不省心吧？"

桃桃的母亲终于离开我们去了里屋，桃桃长长地叹了口气。

"我妈总是那样，你该明白我多不容易了吧？"

确实如此。

那个样子确实不像个做母亲的，如果我母亲是那种腻腻歪歪的性感女演员的话，我也会这样想。

不过，由于考虑的角度不同，或许这才应该是她的正确姿态，可以说这是一种资质与欲望的平衡吧。既然拥有那般美貌，而且风情万种，自然会极力寻求欣赏和赞美自己的对象，我反而觉得倒是桃桃显得过于古板了。

因为她明明拥有漂亮的羽翼，却说出自己的爱好不是在天空飞翔这样的话。

"小润……"我问道，"是指你哥吧？"

"不知道！"她答道，"我妈是不是大白天就喝醉啦？还说时郎像谁谁呢！"

"就是呀！"

## 十五

可能是吸取了这次的教训，抑或是因为现在进入新舞台的时机已经成熟，后来的采访就在她自己的房间里进行了。

依然是那种"少女遇见少男"式的过程，随着了解越来越深入，我对她的印象逐渐发生了变化。这也可以称作一种远近法吗？从远处看到的她与在近处看到的她当然有所不同，有时甚至感到与以前的印象完全相反。每当蜕壳一次之后，都会看到新的南川桃，这简直就像俄罗斯套娃。

当应邀进入桃桃的房间时，我更为惊讶，因为藏在那里的是另一个她。

这个房间简直酷得令人难以置信。她说这里基本保留了原房主——那位"小有名气的画家"——居住时的状态，几乎没有做过改换。

这座独屋与主屋之间由一条带顶的游廊连接，三角形的屋顶由青瓦覆盖，看上去就像法国南部葡萄酒农家那种别致的仓房。当然，外墙上爬满了深绿色的常春藤。

屋里非常宽敞，或许能有二十铺席那么大。天花板很高，大梁露在外边，从上面垂下几个电灯泡。

走进屋内，首先映入眼帘的是一张超大号寝床，上方架着染成蓝色的顶盖，仅这张床就已经像个独立的小房间了。床单是象牙白色，上面散乱地摆着十个左右大小不同的靠垫。

石板铺的地面上摆着画架和古旧的人体躯干雕像，还有一张像美术馆展品般的厚重写字台镇守其中。墙边的搁架上也排列着几尊奇妙的雕像。

这可不是"女孩子的房间"，绝对不是！

初次受邀进入女朋友闺房的男孩都会陶醉地说"啊，这才是女孩的房间呀"，可桃桃的闺房却与那种甜美的感觉完全不同。

首先，气味就绝对与之不符。这里根本没有化妆乳霜啦、香水啦那种甜腻的芬芳，却有一种感觉生硬而粗涩的气味。它来自矿物性颜料，还是墙壁上的砖石？这是一种令人精神高度紧绷的、非女孩式的气味。

"这简直太酷了……"我说道。

她开心地笑了。

"吓了一跳？"

"嗯，还好。上次听你说这里原先是工作室，我就只是简单地想象了一下，现在看了才知道真是维持了原状。"

"我只是搬进来一张床而已。这间工作室本身就像一件艺术品，所以我不想破坏它。"

"那倒也是……"

而更令我惊讶的是，她本人也完美地融入这幅画里了。怎么会搭配得如此相映成趣呢？这里既没有蕾丝，也没有褶饰，更没有用某种中间色来提亮。

她简直就像弗美尔呀、卡拉瓦乔呀那些著名画家作品中的居住者，我甚至有点感动。如果学校里的那帮人看到这幅情景，肯定会大跌眼镜吧。

"这里连我爸妈都不许进，只有润哥可以进。"

"那我就是获得特许啦？"

"是的。你要感到光荣。"

"嗯！"我答道，"是啊！"

我真心这样想。这也是采访者的特权。

"那墙上的画是……"

我说着用手指了指仿佛只截取了光和影的单色拼贴画，虽然我还不能确定那些是什么，但仅仅看一眼就会心跳加速。

桃桃似乎有点儿难为情，回答说："那是我的作品。"

"不可能！"我禁不住喊道，"是真的吗？"

"是真的呀！"

"太棒啦!"

"你真的这样认为?"

"真的,真的。你简直不得了啊!"

她露出非常奇怪的表情,就像憋着喷嚏似的。

"难道那个搁架上摆的也是?"

"嗯,那边的是金属丝编艺术,就是用黄铜丝编织的作品。"

在墙边的古董架上排列着许多用金属丝编织的作品,都是手掌那么大。我走到搁架旁,用手指着其中的一个问:"这个是……"

"路西法。"

"路西法,就是那个'堕落天使'?"

"是的,就是那个路西法。"

这个作品最有震撼力,其大小相当于一瓶可口可乐,有如同蝙蝠那样的翅膀和令人生畏的钩爪。

其形象相当逼真,但更加令人叫绝的是它的皮肤或者说表面,分形的图案非常繁复细密。而且,那种令人惊叹不已的工艺已然升华为唤起某种感应的力量,我完全被那种感应震慑住了。

"这已经完全算得上是艺术品了吧?"我问道,"用了多长时间?"

"半年左右吧!不过,倒也不是一直只做这个。"

"让谁看过吗？"

"我让润哥看过。"

"他说什么？"

"他说：'我为你感到骄傲。'"

"说的是啊！你本来可以让更多的人看到。"

"不，不，"她摇摇头说道，"还早着呢！现在只是习作时期。"

"可是，总会有那么一天吧？"

"说不准，也许将来我的想法还会发生改变。"

"你在那个作文集里写过'梦想是当模特'吧？"

"你读过那篇文章啦？"

"是啊！"我答道，"就像某个人那样。"

桃桃瞟了一眼斜上方，然后微微耸了耸肩。

"那个吧，"她说道，"因为我只有那样写才能得到大家的认可，否则就会招来不少麻烦。"

"嗯，我明白啦！这是障眼法。"

她用怀疑的眼神审视着我，我友好地向她点点头。

"好啦，也罢！"她说道。

"那么，"我问道，"其实你想成为制作这种艺术品的艺术家吧？"

"我外婆是雕塑家。"桃桃说道，"就是我母亲的母亲。算是个小有名气的艺术家吧。我从小时候起就一直崇拜她。"

"好酷！女雕塑家，就像卡米耶·克洛岱尔。"

"那是谁？"

"她曾经是罗丹的情人，拥有非凡的艺术才能。还有关于她的电影呢！由一位名叫伊莎贝尔·阿佳妮的美女演员主演。"

"我外婆也很漂亮。不过，她在五年前去世了。"

"哦？"我说道，"是这样啊……"

如此说来，美貌都是遗传的吗？这也像是某种既得权益，通过世袭传给下一代。这是不是有点儿不劳而获呀？

"你要努力呀！"我说道，"桃桃有志于当艺术家，这个梦想非常酷！"

"你这么想？"

"我是这么想的，这确实符合你的个性。"

"符合我的个性？"她非常惊讶地问道。

"嗯！"我点点头说道，"其实吧，我只是偶然想到的啦！"

## 十六

在另一天的采访中,桃桃让我看了她的剪贴簿,其中有快照、入场券、美术明信片、剪报等,拼贴得丰富多彩。

"这好像是在我四岁的时候吧。"她指着其中一张照片说道。

此时,我和她就坐在带顶盖的大床上。因为基本上没有将我按照访客来对待,所以如果并排坐就只能是这个位置。

这样是不是太亲近了,我心想。而且,我俩一起看她小时候的照片时,稍一走神我就会忘记我正在为雇主工作。不过,也许雇主是这样的美少女本身就是个问题。

当然,四岁时的她也十分可爱,身穿泡泡蕾丝的白色罩衫,简直就像一位见习天使。

"你这身打扮好可爱呀!"

"这是我妈的嗜好,听说润哥小时候我妈也让他穿女孩的衣服呢!我妈完全无视我们自己的意愿。"

"不过,这确实挺可爱的。"

"儿童时代大家都那样吧。"

"嗯……怎么说呢……"

应该说有很多人并不是那样,不偏不倚地讲,现实相当残酷,我自己就是很好的实例。我小时候长相特别老成,一点儿都不可爱。由于父亲是个不着边际的梦想家,所以我总是深感不安。而在长期持续地受到这种危机感的消磨之后,我身上天真烂漫的天性已挥发殆尽,稚童完全失去了水分和弹性——这当然是比喻的说法。

"这张照片呢?"

"那是我七八岁的时候,跟我一起的是润哥。"

这个时期,她已闯入"黑色时代",穿的是画着滚石乐队那个吐舌头标志的黑色T恤衫和黑色牛仔喇叭裤——这是70年代的装束。

她特别适合穿戴黑色服饰,宛如摆在天鹅绒底座上的钻石般熠熠生辉。

这明显超越常规了吧,我心想。因为不管怎么说她都已经可爱得无以复加了。而且,她身旁站着的少年是如此俊俏,就像《魂断威尼斯》中的塔奇奥,但又比塔奇奥稍具野性。怎么说呢,这种形象在摇滚乐手中很常见。

总而言之,润哥特别有型,丝毫不逊色于桃桃。这遗传基因简直太厉害了!

"你哥当时的年龄刚好跟我们现在一样吧?"

"一样吗?嗯,也许吧!"

上次她母亲看到我什么地方与这位美少年很像呢?究竟是怎么看的呢?是自来卷的头发,还是耳朵的形状?

桃桃也是这样,像她那类人,也许会以条件优越群体所特有的慷慨之心看重别人好的一面,而且总是采用夸张的比喻和形容,与嫉贤妒能和吹毛求疵完全相反。我觉得单就这一点来看,确实是难能可贵的美德。气氛十分和谐、融洽。

"你哥好帅呀!"

"没错儿吧?"桃桃高兴地回应道,"那时经常有人劝他当模特呢!"

"可想而知啊!不管怎么说,你哥的个头也相当高呢!"

"应该超过一米八了。因为我爸也那么高,润哥可能更高些吧。"

"堪称完美!"

"虽说如此,可我哥却根本没那个兴趣,他反倒想搞幕后,因为向往做音响师那样的工作,所以目前在洛杉矶的学校学习。"

"你们兄妹俩在这方面有些像啊!不是主动地推销个人,而是想成为某种作品的创造者。"

"这都因为我妈是个好的反面教材吧。我觉得像她那样太没劲儿了。"

"你说的有道理啊！"

无论哪种情况，父母的存在都会对孩子的人格形成产生巨大影响。

## 十七

在这天的采访结束时,我俩的感觉都有点儿(不,相当)不对劲儿。过后再想,那其实就是某种状态的开始,应该与我们一起看她的剪贴簿有关。像影集啦、剪贴簿之类的东西,都会给青春期的少男少女带来某种媚药般的作用。

剪贴簿的后半部分大都是桃桃跟她哥的双人照,真是大饱眼福,而且还是一辈子的眼福。

"这是去年夏天在伊比萨拍的照片。"她指着其中一张照片说道,"润哥硬让我上趴板玩冲浪。"

她穿着连体泳衣(蓝色的),头发在脑后束成马尾。润哥穿着橙色的冲浪短裤,腹肌呈现出完美的六大块。兄妹俩就像情侣般嬉戏玩闹,那画面如同高档品牌在某避暑胜地的服装展海报。

虽然桃桃的泳装照令我产生了相当强烈的眩晕感,但我还是故作镇静。

"你们俩真是亲密无间呀!"

"是啊,我们从小就一直是这样。"

"关系像恋人一样?"

"怎么说呢……"她答道,"我觉得我们在更深的境界紧紧相连,或许我们的遗传基因重叠率极高,就像单卵双胎一样吧。只有润哥能理解我,例如不安的心情、愤怒的心情、最看重什么、想追求什么……,可我爸妈他们却什么都不了解啊!"

"你会感到不安?"

"这很自然嘛!"她语气中似乎透出些许愤怒,"只要多少有点儿想象力,所有人毫无例外都会感到不安吧。"

"嗯,对,那倒也是……"

"要是看不出来我心怀不安的话,"她忽然缓和了表情说道,"那也许是因为我刻意不让别人看出来吧。"

"是吗?"

"我早已习惯成自然啦!"她说道,"在无意识中逢场作戏,故作镇静。"

"嗯,我明白。"我说道,"因为我也是这样,就是所谓硬撑门面呗!"

她凝视着我的眼睛一秒钟,然后慢慢地点了点头。

"也许如此吧。"

"嗯。"

"不过,我只有跟润哥在一起时,这种习惯才会消失。"

"你们能相互表露真实的自己?"

"我想大概是这样。"

"你跟你哥分别后感到很寂寞?"

"那当然!"她答道,"肯定很寂寞啦!"

而且桃桃很孤独,无论周围有多少恭维者众星捧月,她都会时刻感到深深的孤独(大概吧)。我那次在图书馆看到她后留下的印象并无差错,人在自以为躲开所有目光时就不会再逢场作戏、硬撑门面。

"如果你哥有了恋人,会对你造成相当大的打击吗?"

"他已经有了呀!"

"啊?"我问道,"是吗?"

"她是哪国人来着?好像是混血,一个非常漂亮的女大学生。"

"哦!"我深深地叹了口气,"是这样啊!"

"时郎你有什么好失落的?"

"哦,我好像完全'感情移入'了。"

"感情移入?对我?"

"会不会是这样呢?"

桃桃扑哧地笑了出来。

"你真是个怪人!"

"是怪人吗？"

"嗯，绝对是怪人！"

后来的我们奇妙地变得很亲近，往常那种状态已完全消失。

甜蜜蜜的亲近感忽然静悄悄地降临，我俩怀着忐忑不安的心情，沉默着继续翻看剪贴簿，这种甜美的怀旧之情像馥郁的馨香般笼罩着我们。

我想，这大概是因为我俩脑神经的放电节奏在某处达到了同步。

我们有了"同时向目标物体伸出手去"的那种体验，我伸出去翻页的手指与她的手指相互重叠，它们就画出了优美的镜面对称。

我们同时"啊"了一声并缩回手指。

我曾看到过这种场面，原来就是这种感觉啊！

这是一种酸酸甜甜的困惑，一种从未体验过的非常不可思议的感觉。

"什么呀？"桃桃说道。

"什么呀？"

"你怎么不对劲儿啦？"

"你才不对劲儿哪！"

"根本……"她说道，"不是那样。"

"我也不是啊！根本不是那样。非条件反射？就像手被玫瑰花刺刺破后立即缩回来那样。"

"你说我是玫瑰花刺?"

"这只是一种比喻嘛!"

"哦?"她说道,"好吧,算啦!"

不过,我发现桃桃的脸蛋有些发红,本来想趁机调侃一下,但想到可能会自讨没趣就欲言又止了。

她显得非常可爱,那种神态与其说像个美少女,不如说像个尚未成熟而容易受伤的幼女。

我全神贯注地凝视着她,冷不丁被她用手指弹了一下鼻尖,感觉就像下巴挨了一记蝇量级拳击手的勾拳。

"好疼!你干什么呀?"

"我一看到你那种表情就有些恼火。"

"我的表情?"

"你没发现?太不正经了,嬉皮笑脸的样子。"

"不,那是……"

坏事了!我的表情好像露馅儿了!

"你可别随意解释。"

"解释?解释什么呀?"

"我不清楚……"

桃桃虽然委托我撰写传记(之类的东西),可她自己却迟迟不肯敞露真颜。

她首先具备一张在同学面前展示的面孔,在这张面孔后还有另一张面孔,这张面孔是专门为传记执笔者(也就是我)而准备的。而真实的她却屏气吞声地躲在更深处的微暗小屋般的空间里。

现在我感到,虽然缝隙很小,但那扇门已经开启,似乎能从中看到桃桃那悄然隐现的稚嫩姿容。

我想,这位女孩的内心或许比她的外表和流言所传的要稚嫩很多。

不过,目前她暂且还貌似高傲的女王,因此我必须做出相应的对待。

于是,我问她:"哎,这张照片可以送给我吗?我想在构思文章时当资料使用。"

"这张照片"是指桃桃的那张抓拍的照片,就是它为我俩手指相触创造了机会。或许是因为她刚从梦中醒来,尚未对焦的双眼正朝这边张望,毫不设防的情态显得温润柔婉。

"啊?"桃桃说道,"这张照片?"

她虽然表面看似不太情愿,但似乎内心并非完全拒绝。我就把自己彻底当成纯情的骑士,继续恳求。

"可以吧?这是撰稿时要用的资料。"

"倒也可以,"她答道,"但是不要用在歪门邪道上。"

"什么歪门邪道?"

"这……我不知道。"

"比如说,用图钉把它钉在床边的墙上,每天早上睁开眼睛就招呼一声'早上好'?"

桃桃哈哈大笑起来。

"是啊!希望你不要那样做,否则我脖子周围会痒痒的。"

"明白!"我回答道,"完全照办!"

## 十八

这天回家路上经过工厂正门前时,我看到约有十名员工举着标语牌,好像在搞示威游行。标语牌上写着"反对非法解雇""依法支付工资"等口号。

其中有位气度不凡的男子(有点儿像《太空先锋》中的演员山姆·夏普德),可能是这种"疑似示威游行活动"的组织者(后来我得知他是飞男的父亲)。

因为他们过于平静,似乎不能称其为"示威游行",倒像是修炼闭口禅的僧徒群体。

不过,在他们的那种庄严肃穆之中,隐含着难以言喻的威严,与那些高声呐喊诉求的游行队伍相比,其更加气概超凡且富于理性。

后来我把此事告诉了母亲。母亲说菊池小百合的母亲已被厂方解雇了。

"因为她在陌生的国度做工,语言沟通也有一定的困难,所以可能已经积劳成疾了吧。由于身体不适而多次请假，最终遭到了公司的单方面解雇。"

"啊？这也太过分了，真是冷酷无情！"

"是啊。员工们对此感到非常愤怒，更何况同样遭到不公平对待的人还有很多。就算没有发生这种事，本来工厂的劳动条件也极端恶劣。"

"可是，他们的行动难道不会激怒公司当局吗？"

"是呀！"母亲说道，"他们可能已经做好相应的心理准备了吧。"

## 十九

既然提到了飞男,那我就再写写他吧。

在暑假临近结束的某一天,我比约定时间提前三十分钟出发,去采访桃桃。因为当我列出这次想提问的题目时,感觉原定的一个小时根本不够。虽然至今从未像今天这样擅自提前上门过,但因为我们此时已经相当熟悉,所以我想她会允许的吧。

当我来到树林尽头,望见别墅的露台时,发现有人站在那里。其中一个是桃桃,她穿着黑色长袖针织布罩衫和黑色牛仔裤。

站在她旁边的是飞男。

我赶紧停下自行车,躲在树丛中观望那两人的动静。

两人正在轻松愉快地交谈,感觉好像非常亲近。可我以前在学校里从未看到他俩交谈过。

飞男好像说了句什么话,桃桃笑了,感觉似乎在说"开什么玩笑",桃桃还戳戳飞男的肩膀。这时我心里产生了某种奇怪的感觉，我自己也不清楚这是怎么回事，反正非常不爽。

过了片刻，两人交谈结束，飞男一口气跑下露台，跨上放在那里的自行车。桃桃招呼了一声什么，飞男点了点头。我赶紧藏到树丛深处。

我又等了片刻，飞男精神爽朗地哼着歌从我前方经过。

我仔细一听，发现他唱的是《波塞冬的苏醒》。

我在原地等了整整三十分钟，然后才向桃桃家走去（身上被蚊子叮了好多包）。

在这段时间，不知为何桃桃换了衣服，简直就像阿米什女信徒身上罩的那种长款连衣裙，衣服颜色为深藏青色。

她似乎在等我提问（最近我也开始懂得察言观色了），于是我用手指着说"这身衣服……"

"是我外婆的啦，"她高兴地说道，"我比外婆高十厘米左右，所以裙摆短了一截。不过，我特别喜欢这件衣服，就自己动手改了一下。"

"你还会做这个？"

"这也没什么了不起的嘛！以前人们都会这样做。"

话虽这样说，但我还是觉得桃桃非常了不起。而且，这并不适合桃桃，高级时装店的衣服才最适合她。

"难道……"我问道，"你的校服也是自己动手修改的？"

"啊？"桃桃脸上露出惊讶的表情，"你都看出来啦？时郎虽然长得好像有些呆头呆脑，可其实眼光相当敏锐呀！"

"呆头呆脑"是从何说起的呀？不过，大概是我那梦想家父亲的基因使我看似如此吧。

"真是这样嘛！"她说道，"你瞧，我的体形相当特殊，如果不改的话，直接穿上就像借来的衣服似的。我虽是女孩，可肩膀偏宽，腰部反而偏窄，于是我就收腰加袖，另外，裙摆也稍稍改了一下。"

原来如此，是这么回事儿啊！流言蜚语大概在任何时候都企图把对方编派成好逸恶劳、伦理观低下的人，即所谓"偏见"（八卦杂志之类正是如此）。

把对方说得比实际还好的流言蜚语并不多见吧。


此后我俩虽然仍如往常那样在工作室里交谈，但不知为何总感到别别扭扭，根本无法进行正式的采访。

这当然要怪我。我一直对飞男耿耿于怀，难以平心静气，可又不想直截了当地仔细询问，只是自寻烦恼，干着急。感觉敏锐的桃桃很快发现了我的心不在焉。

"你怎么了？"她立刻问我，"哎，感觉你今天不对劲儿呀！"

"哦？是我不对劲儿吗？"

"你怎么这个样子啊？"

"没怎么啊!"我回答道,"我平时就是这样。"

"呜呜呜……"她开始发出低吼,就像发脾气的母狮子一样,相当危险。

虽然我也想无条件地让步,并尽量说些讨人喜欢的话,可她已然进入那种状态,所以接下来的交谈也就没什么劲头了。

结果,这天的采访比预定时间提前结束,我就准备打道回府了。

"好吧,我要回去了!"

我刚说完,桃桃就冷淡地回怼:"是吗?那你到家后浇盆凉水冷却一下脑瓜吧!我可不想再看到时郎歇斯底里的样子了!"

我差点儿忍不住反唇相讥,但还是拼命抑制住冲动,什么都没说。

我蹬着自行车,行驶在回家的路上。我为什么会这样心情不爽呢?刚才的失态也太不正常了吧。我心想。

# 二十

暑假到了最后一天,我忽然接到了桃桃的电话,她叫我下午去进行紧急采访。说不定这是她提出和解的一种方式。

当时,桃桃非常罕见地在家门口等候我的到来。

"我妈在家呢!"她说道,"本来她是要外出的,却又说头疼,躺在起居室的沙发上动不了了。"

"哦,是这样啊!"

"我妈在季节变换时总会这样。她有因失眠症引起的头疼病,所以特别害怕气温和气压发生较大变化。"

"哇,连这都跟女明星的特点相似呢!"

"是吗?"

"好莱坞的女明星都是这样嘛!"

"哦?"桃桃说着眼珠骨碌一转,她也像极了女明星。

"那……怎么办?"我问道,"直接去你的房间吗?"

"那倒也可以。"她回答道,"要不就去湖边吧,因为我妈在家我好像静不下心来。"

"嗯,这我能理解。"

我也会心神不定。

"是吧?"她说道,"咱们划船吧!又凉快又舒服。"

千真万确,划船的感觉非常惬意。

我刚才还对这次采访心里没底,不免有些顾虑,但现在看起来完全不会有什么问题。

这大概是我有生以来第三次划船,好歹还不至于丢人现眼吧。

拂过湖面的清风带来丝丝凉爽,空气中暗含幽香,是芬多精的味道?也许是清风在穿过树丛的过程中融合了大自然的各种成分。

我把小船划到湖中央,然后停了下来。

"就在这里采访吧。"

"好啊!"

湖水分外澄澈清亮,还能看见鱼儿们成群结队畅游的身影。翱翔在空中的鸟儿们欢快地引吭赛歌,岸边那些婀娜多姿的翠裳仙子们在临风曼舞。

难道这里是世外仙境?我心想。而今天的她也像极了天使,身着一袭桃色连衣裙。她就坐在我的对面,裸露的膝头特别晃眼,令我不知为何有些心慌意乱。

我从背包里取出笔记本说:"我还想问问你哥的情况。"

这是我的策略,因为一说到润哥她就心情特别好,表述也十分流畅。

"嗯,哪方面的呀?"

你瞧!她立刻主动配合了吧。

"你哥觉得你是什么样的女孩呢?他的看法我也想了解一下。"

"润哥吗?"

"嗯,他一定对你说过什么吧?"

"是啊……"她答道,"我忘记是什么时候了,他说过我是弗兰妮。不知为什么,这句话一直留在我脑海里。"

"弗兰妮?这是谁?"

"有一部小说叫《弗兰妮与祖伊》,就是其中一个女大学生的名字。"

"哦?我不知道啊!"

"《麦田里的守望者》这部小说你该知道吧?"

"书名我知道,但还没读过。"

"那位作家叫塞林格,《弗兰妮与祖伊》是他写的另一部小说。"

"哦,是这样啊!"我说道,"那弗兰妮又是什么样的人呢?"

"什么样的人?!"她说着做出略加思索的姿态,"她非常厌恶弄虚作假、自我意识过剩,应该是这种感觉吧。"

我禁不住放声大笑起来。

她说:"你笑什么?"

我赶紧道歉说:"对不起,对不起"。

"你哥可真有意思啊!"

"你这是什么意思?"

"哦,不,没别的意思啦!你哥还说你什么了吗?"

"嗯……他还说过,我虽然厌恶低俗和利己,却又把这些像迷彩服似的罩在自己身上,这是彻头彻尾的自相矛盾。"

"尖锐啊!"我回应道,随即忽然想到了什么,就在笔记本上写了"迷彩服→拟态"。

"你哥这样说你,你自己是怎么想的呢?"

她瞅了我一眼,随即把视线转向湖畔那片葱茏。

"怎么想的?我自己并不清楚。"

"嗯,那倒也是呀!"

"我先前也说过,这些都已形成了习惯,不是我故意那样做的。"

"就像本能的反应吧,为了保护自己的那种。"

"也许是吧。"桃桃答道。

每次谈到这方面的情况,她总是会立即加固防线,这也是本能吗?

我决定转换话题。不管怎样,我要从各种角度发起攻势,逐步探测她的真实状态。这没什么好顾虑的,因为我是"旅行者号"探测器嘛!

"提到小说,桃桃喜欢什么样的书呢?"

"我不太读小说……"

这是真的吗?可我知道她上次在图书馆里读过《愤怒的葡萄》。

"不过,我曾经喜欢过少女小说。哦,就是收入所谓名作全集的那种。"

"例如《长腿叔叔》之类的?"

"是啊,是啊!就是那种。我喜欢看的是《小公女》。"

"哦,这我知道,说的是有位富家女离开父母,就读于寄宿学校,是这个故事吧?"

"是的。不过,在父亲去世后,她突然变得一贫如洗了。"

"是那样吗?"

"是啊!我读了那个故事后常常在想,要是换了我会怎样呢?"

"穷困潦倒?"

"一切都有可能发生。时郎不也是一样吗?你父亲原先是公司经营者,在公司破产后,生活突然完全变了样。"

"虽说我爸是公司经营者,可我家一点也不富裕。当然,那也给我带来很大的打击——哦,缺钱原来是这种感觉!"

"是吗?"

"嗯,周围的人会改变态度,就连亲戚也是这样。有句话叫'翻脸不认人',实际上真是这样。人确实太可怕啦!"

"原来如此……"

"嗯!"

此时有些冷场,我就接着询问桃桃喜欢的电影。

"《巴黎野玫瑰》。"这是她的回答。

"啊?那可是相当富于激情呀!"

"是吗?"

"哦,不过,你跟贝蒂也许真有点儿像呢!"

"哦?"桃桃笑着说道,"实际上恰好相反,所以我才会向往她那样的人。"

"恰好相反?"

"贝蒂完全按照自己的意愿生活,不是吗?她对自己十分诚实,所以才会麻烦不断。"

"嗯,如果桃桃是那样的人,我也绝对不能接近。我根本应付不了。"

"我没那么可怕!"她说着莞尔一笑,"我又不会去拐骗儿童。"

"嗯!"

桃桃随即自言自语似的说:"我真希望自己能有足够的

勇气啊!"

她的语气虽然听似漫不经心,但这句话却令我莫名地感到分量很重。

"勇气,是吗?"

"是的,就像贝蒂那样。"她回答道,"自己认为正确的,就义无反顾地给予支持,自己认为是弄虚作假的,就毫不留情地进行彻底的揭露。就是这种勇气。"

"桃桃不是贝蒂,而是弗兰妮?"

"是的,而且已经彻底扭曲了。我一点儿也不诚实。"

不过,可能任何人都会这样吧,我心想。

任何人的心中都会有自己理想的人格形象,并总是希望能够向其靠近,可结果却往往受到各种因素的掣肘和阻碍,例如明哲保身的意识啦、虚荣心啦、心胸狭隘的利己主义等。

贝蒂可谓特例中的特例,像她那样纯真刚直的人在这个世界上很难顺利生存下去。当然肯定是因为这个世界原本就不是按照那种原则和要求构建的,这个星球已经被彻底地污染、扭曲了。

"哎,"桃桃说着探过头来问道,"那时郎喜欢的电影呢?你喜欢哪个?"

啊,我心想:桃桃真是个超群绝伦的美少女!

她那摄人心魂的目光径直射入我的脑核,而当"喜欢"

这个词从她那丹唇中朗然而出时,听觉和视觉的相乘效应令我产生反常的感觉,甚至怀疑那会不会就是海妖塞壬的歌声。那些受到这种歌声的魅惑而葬身海难的水手们也曾产生过这种感觉吗?

"这个嘛……"

我一边说着一边毫无意义地翻着笔记本,虽说其中并非记有"我最喜欢的20部电影"(人在神魂颠倒时往往会做出这样毫无意义的举动)这一记录。

就在我慌乱地翻页时,冷不防吹来一阵湖风,恰好把夹在翻开这页里的"书签"卷向了空中。

这时,尚未充分熟悉小船特点的我犯了初学者常犯的错误——站起身来伸手去抓飘起的"书签"。

小船顿时倾斜,我完全失去了平衡。糟了,我心里惊呼一声。但为时已晚,我头朝湖面栽了下去。

桃桃手扶船帮,探身问道:"你还好吗?"

"我腿抽筋了!"我高声喊道。

"不会吧?!"桃桃说道,"你可别淹死呀!"

"那很难说,我没把握!"

她用尽全力伸出手来拉我,我则拼命地抓住她的手。

然而,这也是万万不可以做的事情,因为小船已过度失去平衡,本来就倾斜的小船更加倾斜了。几乎在我心中发出惊呼的同时,她也落入了水中。

我眼前溅起浪花，一瞬间什么也看不见了。

"哇！"

"没事儿啦！"桃桃说道，"不要慌嘛！"

她握住我的胳膊，把我拉到小船近旁。

"你抓住船帮！"桃桃说道。

我照她说的做了。她绕过船头到另一边抓住船帮。

"你的腿还在抽筋吗？"她问道。

"还在抽筋。"我答道。

"那就先这样待着，等好了再说吧！"

"嗯，明白！"

"疼吗？"

"嗯。哦，不过也许稍稍轻松点儿了……"

"是吗？"桃桃说道，"那就好！"

我俩再次相互打量了一下，两人都浑身湿透了。不过，这样好像感觉特别爽。

很多事情必须亲身体验之后才能明白，这也算是其中一件。出乎意料的偶发事件把我俩推入这种场景，只是坐标稍稍有点儿偏差。不过，我觉得这已经是不小的飞跃了。

桃桃肯定也是这种心情吧。她的脸上荡漾着笑意。我们是自由的，这使我们感到无比畅快。我俩尽情地放声欢笑。

"你看你什么样子啊？"她说道，"就像顶着水草的淹死鬼。"

"杰森?"

"对,对,就是那种感觉。"

"桃桃也够惨的呀!就像在澡盆里遭到连环杀手袭击的'尖叫女王'。"

"这都是惊悚电影中的必拍画面?"

"对,必拍的送福利画面。"

## 二十一

不过,后来果真出现了那种画面,但说到底这份福利也仅仅送给了我一个人而已。

由于担心在湖水较深处勉强上船还会发生危险,我们就暂且先推着小船前往不远处的小岛。这座像是湖心浮岛的小岛上面长满了低矮的青草,一棵树兀然独立其间。

我们到达小岛后,桃桃先行登岸并抓住船头往上拉。

我就从船尾向上推,同时瞪大双眼盯着她看。绝对不可以看,我虽然心里这样想,可眼睛却好像失去控制般被紧紧地吸引了过去。

隔着湿透了的紧贴在桃桃身上的连衣裙,我能清楚地看到她这个部位和那个部位的轮廓。

她觉察到了不自然的沉默并抬头看我,我立刻意识到了其中因由。

"你胆儿够肥呀!"桃桃说道。

她说着用手指指着叫我把脸扭向侧面。她毕竟已经习惯了对人颐指气使,我顿时感到一种极其沉重的压迫力。

"你要是再看,我可就老拳伺候了啊!"

"是!"我继续望着侧方点点头,"明白!"

我们决定在这里把湿衣服晒干——"乌龟晒壳"。在我身后,桃桃暂且将她的"龟壳"脱下,然后稍稍拧了拧。

如果现在回头看的话恐怕就不只是老拳伺候了,我心想。不过,我又觉得无论有怎样的惩罚在等着我,都值得这样做。不知为何我感到脊背阵阵发凉。

"不要回头,把手伸到后边来!"桃桃说道。

我照她说的做,指尖触到了湿衣服。

"时郎来拧水!"她说道,"就算你身体不够壮实,也肯定比我力气大吧。"

"不是我自吹自擂,"我答道,"在学校春季测定肌肉力量时,我右手的握力有53公斤呢!"

"你装什么肌肉男呀?我知道啦!好好使劲儿拧水吧!"

"是,是。"

我一边拧着桃桃那薄薄的连衣裙一边想,此刻毫无疑问是我人生中最煽情的瞬间了吧。

连衣裙抓在手中的触感以及在我背后静静呼吸的桃桃的存在,一切都变成了格外强烈的刺激,我的大脑已达到临近"熔断"的状态。

我竭尽全力拧掉连衣裙上的水分，甚至手都开始发麻了，然后抖开连衣裙静静地伸向侧方。

"这样就可以了吧？"

"谢谢！"桃桃说道。

她伸手来接连衣裙，裸露的胳膊展现在我的眼前，这成为促使我大脑"熔断"的最后一波刺激。

补全能力——通过局部想象整体的能力。突然，我鼻腔内有股温热感扩散开来，紧接着那股温热扑簌簌地滴落下来。

"哇，鼻血！"我慌忙抬起胳膊来擦，好多鲜血染红了皮肤。

"那是什么？"桃桃问道，"真有这种事情吗？你不会是青春搞笑剧看多了吧？"

"我根本不知道那玩意儿。哇，这下可惨啦！"

"给你，手绢！"桃桃说道。

我回头一看，只见她已经穿好了连衣裙，如此快速，真是令人叫绝。

我接过她递来的手绢，摁住鼻子。

"从某种意义上讲，你这反应也算令人感动呀！"桃桃说道，"像你这样值得调侃的人还确实少见呢！"

我穿的T恤衫上也沾上了鼻血，桃桃就帮我在湖水里清洗了一下。

"就你这虚弱的小身板还硬充肌肉男呢！"桃桃把拧过水的T恤衫递给我时说道。

"你还别说，我有六块腹肌呢！"

"还六块腹肌？！你也就是个排骨男吧。"

"我身上可没赘肉，因为我是长臂猿型。"

"那是什么呀？"

"我的祖先是靠采集树木果实生活的和平主义者。"

"原始时期的佩花嬉皮士？"

"没错儿，就是那个意思。而黑猩猩型则属于强硬派，主张'正义在我'，对吧？"

"这些也是电影里的吗？"

"不是啦！这些都是我自己思考的。"

"时郎果然有点儿奇怪呀！"

"奇怪吗？"

"是呀！"

然后，我们并排躺在草地上，阳光如此灿烂，湿衣服很快就会晒干。我的鼻血不知何时已经止住。

"你的笔记本没事儿吧？"桃桃问道。

"嗯，稍微有点儿湿，晒干也许还能用。"

"是吗？那太好啦！"

然后，桃桃又问我那"书签"怎么样了。

"没问题,我抓到了!"

"在哪儿呢?"

"在我裤兜里。"

"拿出来看看呀!"

"为什么啊?"

"你那么不顾一切地要把它抓回来,当然会让我产生很大的兴趣啦!"

桃桃莞尔一笑,说不定她已有所觉察。

"非看不可?"

"非看不可!"

我无法拒绝,只好从裤兜里掏出"书签"给她看。

"哎呀,"她开心地说道,"我还以为是什么呢!"

就是前些天我向她要的那张照片,后来就把它夹在笔记本里当书签了。

"顶多只是当书签用啦!"我说道,"绝不能用在歪门邪道上!"

"是啊!"她说道,"而且每天盯着我的脸叹气,对吧?"

"不是。"我十分认真地予以否定,"根本不是那么回事。"

"好啦,好啦,"桃桃用母亲安抚孩子般的语气说道,"那点事儿我都明白。"

"明白?"

"C班的香川同学,好像是叫香川由佳吧?"

我的胸腔深处,心脏"嗷"地发出惨叫,随即缩成了一团。因为香川由佳正是前面说过的那个我暗自感觉"还算不错"的女孩。

"怎……怎么个意思?"

"听说你跟她在初一时同班?"

"是啊!那又怎样?"我的嗓音有些颤抖。

"时郎是不是把电影录像带送给她了?"

她怎么会知道这事儿?

"你怎么会知道这事儿?"

"我怎么会知道?!因为大家都知道啊!"

"不可能!"

"所以我说就是那么回事儿嘛!"她说道,"因为谣言丧尸们最喜欢别人的隐私。"

"可是……"

"我想应该不是她自己四处散布的。肯定是她悄悄告诉了最要好的女孩,而那个女孩也对别的女孩说"我只告诉你"。于是人们漫无休止地重复着这种传话游戏,当你本人发觉时,才感到'哎呀,真是莫名其妙,秘密早已不是秘密了'。"

"我确实不知道,一点儿都……"

这对我来说是一个打击,原来大家都已知道那件事,而只有我自以为做得神不知鬼不觉。这种感情究竟是什么呢？我禁不住想大声呼喊。

我最不想让桃桃知道这件事。可这又是为什么呢？我还不太清楚。

我一时沉默不语。这时，桃桃轻轻地握住了我的手。

"你要坚强，这点事儿算不了什么。"

确实如此，与桃桃相比，这事儿根本算不了什么。不是吗？关于我的这种传言也是事实，比起被说成那种屁股像气球般轻浮的女孩，这已经算好的了。而桃桃却一直在默默地忍受那些造谣者的中伤。

"在我刚刚转学到这里时，她对我很友好。"我说道，"为了报答她的善意，我就送给她电影《曼哈顿》的录像带，因为我觉得她很像电影中的女孩崔西，仅此而已。"

"我知道崔西，扮演她的女演员是海明威的孙女吧？"

"对！大文豪的孙女。"

她松开握着我的手，随即大大地伸了个懒腰。

"那女孩挺漂亮，是吧？"

"但是比不上桃桃。"

"哎哟，是吗？"她说道，"谢谢！"

我的恐慌迅速消退。这恐慌是桃桃带来的，但她又帮我压惊，感觉就像心理咨询师的粗暴治疗。如果在其他时间别人这样说我，情况或许会变得更加复杂。

"你还是喜欢《曼哈顿》吗？"

"还行吧！"我答道，"不过，如果是伍迪的话，绝对会喜欢《安妮·霍尔》吧。"

"哦？"她说道，"那其他的呢？还喜欢什么电影？"

"嗯……旧电影有《龙凤配》和《公寓春光》等。哦，当然还有《罗马假日》和《两小无猜》。"

"你这完全是恋爱体质啊！"

"怎么说呢，倒是挺喜欢看。"

"却不善于实践？"

"我说不清楚。"我答道，"如果恋爱知识太丰富，早熟也挺麻烦吧。那种灿烂美好的爱情片看得多了，理想就会变得高不可攀。"

"想谈一场电影式的恋爱，你是这种想法吗？"

"这样一说感觉就像女孩似的。嗯，不过，也许确实如此。"

"有什么呀？"桃桃说道，"那样也不错嘛！"

"桃桃呢？"我问道，"说了这么多，还没谈过你的恋爱观呢！"

"这个嘛，"她说道，"怎么说呢……"

"归根到底，你哥才是理想的恋人的样子吧？"

"润哥吗？"桃桃自言自语道，就像在说别人的事情。

"你身边就有那么出类拔萃的男子，想必你的标准也高得一塌糊涂吧。"

"也许吧。"桃桃答道。

"哦,所以呢……"

"什么呀?"

怪不得有很多同学传言说桃桃在跟年长的男人们交往,也许这就是个中原因。如果传言属实的话,倒也并非不可理解,因为同龄男孩在她眼里纯粹就是小屁孩吧。

"怎么啦?"桃桃又问道。

"不,没怎么。"我答道。

我感到这件事还是不要刨根问底为好。另外,也许只是因为我不想知道太多而已。

"你这样吞吞吐吐,让人感觉不爽!"

"不,就是那个什么吧……"

"嗯。"

"我就是想问,桃桃是不是跟哥哥……失恋了?"

"哦,"桃桃答道,"这我以前也说过,我们之间的关系并不是那么回事儿。我当然会感到孤单,但我祝福润哥的爱情,真心为他感到高兴。"

"是这样啊!"

"对!我是个善解人意的好妹妹。就这样,到此为止。"

"嗯,明白。"

然后,我们唱着歌等待湿衣服晾干。

我唱的是比吉斯的歌，桃桃唱的是史密斯乐团的歌。她的嗓音意外地稚嫩，是稍带沙哑的童声，我不由得陶醉于其中。

然后，我们重新荡起一叶扁舟，离开了只属于我们两人的孤岛。

这就是在我十五岁那年暑假的最后一天发生的事情。

这天的全过程如同电影一般，是我所能企及的最高境界。

# 二十二

第二学期开始了。

我们在学校时假装互不相识,其实这都是为了避免被那些八卦丧尸吃掉而涂抹的迷彩。

我对桃桃的采访也暂时中断,全神贯注于暑假后久违的学校生活。因为那四十天中的一切都与此时截然不同。

桃桃变成了原先那种阔气而又慷慨的"女王",而我则变成了最不起眼的人畜无害的"影迷男"。

数日之后,我开始感到与桃桃共同经历过的事情都像梦一般,甚至对自己的记忆感到难以置信。

可她确实还是那个桃桃,我心想。她跟我一起做过这样那样的事情。

牵手时她那凉凉的触感,桃色连衣裙透出她那婀娜的身姿,矿物颜料的芬芳中微微融混着她那秀发的甜香,诸如此类……

这些肯定都是脑内电影的一帧帧画面。我强迫自己这样想，否则精神状态就会变得不正常，大脑也会发生错乱。

桃桃相当顺利地转换到自己的女王型姿态，那是一种虚拟姿态。在我了解到各种实情之后，再看学校里的桃桃时，就真正明白了她是多么优秀的女演员。女演员的基因太强大了！

桃桃内心特别厌恶低俗和自私自利，却又把这些当作迷彩服裹在身上，这是彻头彻尾的矛盾（润哥说得很精准）。

桃桃自己也曾说过，这种扭曲都已习惯成自然，她可在瞬间转换为"女王"的形象。

她就以这样的形象，与簇拥着自己的女生们围绕着名流八卦和化妆品的话题高谈阔论，并以从容的笑脸向每天来找她的JG或R2拉起"警戒线"。

根本想象不出桃桃在那间工作室里埋头创作的姿态，为了保护自身，也为了不树敌，更为了不使自己被孤立，她在学校这个舞台上继续跳着危机四伏的舞蹈。

一旦穿上就永远无法脱掉的红舞鞋，真的会带来无尽的烦恼。因为如果想停止舞蹈，就必须付出不可估量的代价。

我们倒是也曾有过短暂的目光相遇，但桃桃总像是视而不见。果然如此，即便是在后台被人看到，女演员毕竟是女演员，丝毫不会怯场。

我真想让大家看看那个路西法。

我想告诉他们,这是桃桃制作的,厉害吧?这样一来我心中就会爽快些吧。

可是,如果我这样做,肯定会遭到桃桃老拳伺候的。

## 二十三

菊池小百合的情况也该写写,因为这相当重要。

小百合因为母亲遭到那样不公平的待遇,说不定会回国吧。虽然我有时会这样想,然而她在新学期的头一天准时来到了学校。

她的脸上写满了悲伤,想必内心痛苦至极,我心想。她还能不能吃到像样的饭菜?我又想起她跟母亲在超市选购限时降价食品的身影。

沉重的打击仍在持续,同学们都避免与她接触,连话都不跟她说。

我偶尔也会听到他们对自己这种做法的辩解。

他们每次好像都会说"正义在我",总是强调菊池小百合做得不好,而自己做了正确的事情。

因为小百合的长相与众不同,语言表达与众不同,与他们那个群体的差异很大,他们好像无论如何也不能容许这种异类存在。

他们说那是错误的，就因为同类伙伴至高无上，而非同类者罪大恶极，罪大恶极者必须受罚，所有人都迷醉于那种小团体主义情结。

由于小百合的存在，本班的"效率"多少有些降低，这是事实。她的语言表达能力没有我们强，还有大量词汇尚未学过，而且连我们觉得稀松平常的事情她都做不好。

但是，如果他们因此而对她的弱点和落后横加指责，就显得过于心胸狭隘了。这既不友善，而且从某种意义上讲也太急于求成了。

我希望大家都尽量学学母爱式的宽容大度，若以长远的眼光静观其变，应该能发现正是在那些弱点中存在着巨大的潜力。然而，心浮气躁的他们却绝不可能这样思考问题。

## 二十四

九月的某个夜晚,母亲来电话说她要了些剩余的(不如说是过了保质期的)食材,叫我去食堂搬运一下。

我选择沿着工厂旁的背街窄巷去食堂,一侧是高高的水泥墙,另一侧是农田和空地,这条小路既没有铺装水泥或柏油,也没有路灯,只有从工厂微微漏出的灯光,模糊地投射在脚旁。这里非常僻静,连色狼都不会靠近。不过,走这条路比走正街绝对要快很多。

当我即将拐上大路时,听到前方传来大嗓门的说话声,但因为道路转弯,还看不见人影。

"所以我说《波塞冬的苏醒》是误译嘛!"

这种沙哑的大嗓门我绝对不可能听错,那是飞男。

"就因为把表示'航迹'的'wake'误译成了'苏醒',所以才出现了这种标题。"

"那……其实应该是'波塞冬的航迹'?"

我差点儿禁不住喊出声来,是桃桃!

他俩怎么会在这种地方？我赶紧躲在空地的树丛里。虽然也可以选择大大方方地等待他俩过来，可我却下意识地选择了退避三舍。这方面是我的弱点——并非雄狮，而是兔子的本能。

"不，如果直译就是'在波塞冬的航迹上'，所以应该译成'追赶波塞冬'，不是吗？"

"哦？是这样啊！"

"这首歌很不错！"

说完飞男开始哼唱开头几句，而我则把身体紧紧地缩成一团，等待他俩从这里路过，只要我纹丝不动就绝对不会被发现。

过了片刻，他俩出现在道路前方，都穿着深色的衣服，只有面孔像鬼火似的忽悠悠地飘浮在夜幕中。

他俩并排前行。间隔距离多大？有没有挽着手臂？因为光线太暗，从我这里看不太清楚。

"可是，飞男你也太令人意外了吧？居然是前卫摇滚乐迷呀！"

"哪里哪里，令人意外的是你，真是个危险的女人啊！"

"这是什么话？"

"夸奖你的话嘛！最高级的赞美！"

桃桃高兴地笑了。为什么？！她为什么高兴？

"有飞男在，真的很好！"桃桃说道。

"哼!"飞男笑了,"是吗?谢啦!"

然后,飞男又开始哼唱《波塞冬的苏醒》,而桃桃也跟着他凑趣地哼唱着,那种感觉似乎极好,与我那次在湖畔别墅窥探到的情景完全一样。

他俩在交往吗?我从未听到过这类风言风语。可是,从那种感觉、那种轻松融洽的氛围来看,两人好像亲密无间。

哦,而且,这个飞男看上去比实际年龄老成一些,丝毫没有青春期的青涩和天真,显得特别练达,再加上长相也很不错,好歹能和瑞凡·菲尼克斯有一拼吧。

他俩走远了。我从树丛里出来,把视线转向夜幕的彼方,但已经看不见他们的身影,连说话声也听不到了,耳朵里留下的都是桃桃刚才那高兴的笑声。

"唉!"我长长地叹了口气,心情很不愉快,而且不快指数较上次有所升高,甚至还有些愤怒。

"什么玩意儿嘛!"我嘟囔道。

"喊!"我连连咋舌,"喊!喊!……"

可这样做一点儿都不解气。我一脚踢飞脚旁的空罐,它碰在工厂的围墙上,发出轻贱的哀鸣。

我感觉仿佛听到了不和谐的钟声。

## 二十五

我赶到食堂,那里有个令我意外的人物。

"小百合?"

"你好!"她说道。

"晚上好!"

身穿便服的她与在学校时不同,看上去可爱指数增加了五成左右,橙色的长袖T恤衫配深藏青色短裙。她的腿真有这么细吗?我心想。

"怎么回事儿?"我问道。

"嗯……"

这时我母亲走了过来,随即递给我一个白色的塑料袋。

"这个给你!"

"好!"

"从今晚开始,"母亲说道,"小百合同学的妈妈就在这个食堂里工作啦!"

"哦,是这样啊!"

我向菊池小百合说"那太好啦",她有些害羞地道了谢。

"小百合已经在这儿吃过晚饭了,现在要回家。妈妈还得忙一会儿,你去送送她吧!"

"嗯,好的!"

我朝店内望去,看到穿梭忙碌的服务员中有她母亲的身影。此时工厂员工很多,相当拥挤,母亲也立即返回厨房去了。

"那咱们走吧。"

"嗯!"

我看到她抱着一个大塑料袋,就帮她提着。对于小百合,谁都会自然而然地伸出援手,跟某些人可不一样。

我们来到食堂外边,小百合的自行车就放在近旁的步道上,还是上次惨遭"吊刑"的那辆倒霉蛋。我把她的塑料袋放在自行车的货架上,并用橡胶绑绳紧紧地固定好。

"谢谢!"她说道。她的语气十分谦和,真的跟某些人不一样啊!

小百合推着自行车,分别前,我要陪她走到岔路口。

"你母亲的情况怎么样了?"我问道,"出来工作能行吗?"

"嗯!"她微微点头说道,"已经都适应了。"

"是吗?那太好啦!"

这是什么?我心中油然产生一种说不清的感觉。

"你要是有什么事儿需要我帮忙,尽管说好啦!"我说道,"像辅导学习啦、家里的活儿啦,只要我能做到就一定尽力。"

"哦,不过……"我慌忙补充道,"除了英语之外我也没什么擅长的,所以也教不了你什么。"

小百合扑哧地笑了出来。

哦,她笑起来是这样啊,我心想。

宛如夜幕中嫣然绽放的小白花,她的笑容含蓄淡雅而特别可爱。

"谢谢!"她说道,"我很高兴!"

## 二十六

第二天放学后,我下楼时在拐弯处被桃桃叫住了。

"今天傍晚能见面吗?"她压低嗓音问道。

虽说正巧那时周围没别人,可她这样的举动是不是太大胆了?

"我妈要去参加某众议院议员的慈善晚会。"

"不行!"我说道。

我已进入"杠精"模式。

"我有事不能去。"

我的态度好像有些粗鲁,管他呢!

桃桃用疑惑的目光看看我,刚想说什么,身后传来了同学们的声音,她没说话就走了。

我仍站在原地,凝视着桃桃消失的微暗空间。两个女生一边交谈一边从我身边走过,在下到楼梯尽头时回头瞅了我一眼,然后把脑门儿凑在一起窃笑起来。

我在心里"哼"了一声,有什么好笑的嘛!

我心情更加不爽,一边嘟嘟囔囔一边甩掉拖鞋,换上运动鞋后走向运动场。

在通往校门的路旁有块软式网球场地,在进行俱乐部活动的伙伴们早已吆喝起来。我一边走一边心不在焉地观望,这时一个网球蹦蹦跳跳地向我滚了过来。我漫不经心地捡起球,只听有人朗声喊道:"不好意思!"

我抬头看那个发出喊声的人。

"啊!"我心里惊呼一声,那是我曾经心仪的女孩——香川由佳。她因为我送过她电影《曼哈顿》的录像带而出了名。

"哎呀,佐佐君!"

她边说边向我走来,身上的白色网球服有些晃眼,亮栗色的长发在秋阳的照射下闪闪发光。

"你现在就回家?"

"嗯!我又没参加俱乐部……"

"其实我也已经退出了,但是因为运动对学习也有促进作用……"

"哇,你好刻苦啊!目标是私立高中吗?"

"没有啦!"她摇摇头说道。

她的目标是难度超高的县立高中。是的,她不仅心地善良,而且学习也很优秀。

"你太厉害啦!"我说道,"好好加油吧!"

"嗯！佐佐君呢？"

"我跟大家一样，目标不会很高。"

"那也很好，"她说道，"免得忍受孤单。"

"嗯，"我点点头说道，"也许是吧。"

"拜拜！"她挥挥手返回球场去了。

我心里想：她太天真烂漫了，就是那种能成为贤妻良母的类型。她不仅朝气蓬勃、性格开朗，而且善于照顾人，我在上初一时就从她那里得到过很多帮助。

她对我友善而周到，其热情程度甚至会让人产生误会。

我发现她对任何人都很友善是在稍晚些的时候。

那是不是初恋？我不太明白。但如今像这样跟她交谈时，我丝毫不会心慌意乱，可以轻松自在地享受对话。

不管那种感情是什么，反正我好像已从那个阶段毕业了。

现在能让我心荡神摇的女孩只有一个。

TT，有首字母足矣。

啊，不过，这种首字母正是魅惑男人们的女演员的典型名字啊！姓和名的首字母相同的有MM、BB，还有FF也是这样，确实是名如其人。我和TT在一起就会变得六神无主、心旌摇曳、喜不自禁，她那不经意间的举手投足和言笑嘻怡令我忽而大惊失色忽而面红耳赤，还曾鼻血染红衣衫。

我觉得仅仅在暑假这四十天里,我被榨干了与自己迄今为止的人生相等的情感。

这滋味儿真不好受呀,我心想。

## 二十七

令人惊诧的流言出现了。

那些流言说我好像在跟菊池小百合交往,这是自"赠送电影录像带事件"以来与我有关的爆炸性头条新闻。

"火种"确实存在,也就是说这并非完全的无中生有,却也是对事实的恶意歪曲。

从那天晚上以后,我跟菊池小百合就频繁地在食堂碰面。

我感觉其中似乎也有妈妈们某种谋略性的心机。

在小百合去那家食堂时,我大都会被叫过去,并且两人会一起吃晚饭,但也就是麻婆豆腐、干烧青花鱼之类的套餐。

食堂老板(我母亲的朋友的男闺蜜,酷似《天堂电影院》中的阿尔弗雷德,是个亲切和蔼的大叔。我暗自把他称作"阿尔大叔")慷慨大方,我们吃的都是免费晚餐,而且味道好极了。

我跟小百合聊天也很快乐。虽然她性格含蓄，但因为正值青春期，所以随时都会焕发出姣美光环般的气场。

"我希望将来能在花店里工作。"小百合说道。

"你喜欢花？"

"嗯！"她点了点头，随即干净利落地从鱼骨上剔出肉块并轻轻送到嘴边，"像百合花啦、满天星啦，还有鸭跖草、铃兰、紫斑风铃草……"

"你知道很多啊！"

她扑哧地笑了一声说："也就一般般吧，我不太懂。"

"是吗？像我就只知道向日葵和牵牛花而已……"

这时她忍俊不禁，突然呛咳起来，并慌忙捂住了嘴。

"你不要紧吧？"我问道。

小百合微微点点头。

"要是那样的话，"她好不容易平静下来后说道，"佐佐君知道的也太少了。我很惊讶，所以忍不住笑出来了。"

"哦，哦，"我说道，"对不起，对不起！"

随即我俩又笑了起来。

这感觉太开心啦！

如果是跟桃桃在一起的话，这时她恐怕又会弹我的鼻尖吧。但菊池小百合就绝对不会做出那种事情，她是个非常温顺实在的好女孩，没有丝毫的歪心眼儿。

由于这种情景发生在公开场合,因而会有很多目击者(这里毕竟是小城食堂,没有什么 VIP 包间)。他们大都是工厂员工,其子女也大都跟我们在同一所学校。也就是说,出现那种风言风语纯属自然而然的事情,如果我对此感到大惊小怪,那可就过于稚嫩了。

向我透露这个情况的是一位在本班也不太起眼的男生。他是个科幻文学迷,戴着眼镜,两只招风耳格外显眼。我跟他之间仅维系着极稀薄的伙伴情谊。

"你还是小心点儿为好!"他在早上班会开始前对我说道,"你现在处于相当危险的境地!"

那语气就像谍战片中的人物对白。他随即战战兢兢地警惕着周围情况,并迅速塞给我一块折叠起来的笔记纸。

"你看过后马上烧掉!"

他说完就离我而去了。

在那张笔记纸上写着如下内容:

> 大家都在传你在跟菊池小百合交往,而且有多种来源,据说你俩关系深厚(实际描述方式更下流露骨,我不直接引用)。

流言之一

有证言说曾经看到你俩在那座废弃游乐园的旋转咖啡杯里裸体拥抱。哦，还有人说你俩在旋转木马上"干那事"。关于此事也被使用了更极端的表述，我在此行使自己的权限删掉了那些语句。特别爱传这种闲话的主要是男生（那些家伙真是无聊透顶）。

流言之二

另有流言说你"窝藏"了菊池小百合的父亲。听说她父亲居然是越狱逃犯，从海上偷渡，追随女儿而来，就在那座废弃游乐园里的某处藏身。你向他提供了锉刀和食物，作为回报你还接受了菊池小百合提供的某种"服务"。

其出典应该是《远大前程》吧。而且是学校暑假布置的课题书目。谁是造谣者也不言自明，大概就是你也知道的"那家伙"。

流言之三

另外还有流言，说你和菊池小百合两人盗走了稻荷神社的香钱，而且传播的范围很广，目击者也很多。这也是在散布你俩去神社做那种该遭报应的行为的流言时顺便提到的，就是所谓添油加醋的做法。那些家伙对编造谣言真是乐此不疲啊！

毫无疑问，我对这些传言一概不信，因为我很清楚这是怎么回事。我觉得自己大概具备了特殊的传感器（这是秘密）。

为你们的战斗祈胜！
愿原力与你同在！

在此稍加说明，"那座废弃的游乐园"是指位于市区边缘、已成废墟的休闲度假公园，破产关闭之后已经过了十五年左右。如果把那里作为惊悚片的外景地，应该能拍到相当理想的场景。

坊间有很多与此地相关的风闻逸事，但大都是低俗下流的玩意儿啦！不过，浪漫的传说也不在少数，甚至有众多女生对此心怀憧憬。

据说，如果在这座游乐园的特定地点相吻，那么这对情侣即使不得不天各一方，也终究会有重逢的时刻。

这种传说确实够浪漫凄婉，但实际上到底灵验不灵验呢？传说毕竟是传说，万万不可当真。

"你也知道的'那家伙'"是谁呢？我完全不清楚，因为联想到的对象太多了。虽然感觉 R2 有可能会编造这种流言，但我没有十足的把握。

有关稻荷神社的流言倒还能想到明确的线索，实际上我俩曾几次前往参拜（那座神社就在回家的途中）。

祈祷小百合的母亲完全恢复健康、祈祷她自己能实现梦想——这就是我的心愿。我没为自己祈愿，因为我当时心绪纷乱，连自己都不清楚祈祷什么才好。

看过那张笔记纸后我想，这下可了不得啦！我也当上正儿八经的名人喽！当然，我没把这事告诉小百合，笔记纸也已按那位男生的嘱咐烧掉了。

事态发展到这种地步，我内心感到非常歉疚，告诫自己必须更加小心谨慎。她是一个舆情热度极高的存在，哪怕是不经意的行动也可能骤然加重她的心理伤痛。

## 二十八

果然不出所料，没过多久，我也开始受到同班同学的歧视，并遭到了恶意骚扰和攻击。我的课桌里每天都会被扔进写着恶毒话语的字条，几乎都是一些幼稚的粗口。不过，其中有些字条上的巧妙言语也令我瞬间崩溃，其威力真比得上电击枪的强度。

我想，受到诽谤中伤原来就是这种感觉呀！先前的想象简直太小儿科了嘛！

这确实让人疲惫不堪、生无可恋呀！

心力交瘁，精神受到伤害，形成了一种不可言喻的怪异的消耗方式，令人恶汗涔涔，嘴里苦味蔓延，感觉就像心脏被粗齿锉刀哧啦哧啦地一层层锉掉。菊池同学，你真坚强啊！

这时我才恍然领悟桃桃为自己缠裹迷彩外表的缘由——这种事情她肯定已经反复体验过数百万次了。

在教室里，我曾跟她多次目光相遇，但双方都显现出冷眉冷眼的表情。

她听到这种流言蜚语会有怎样的感受呢？我心生疑问。

虽说那些都是荒诞无稽的谣言，但至少"正在交往"这一点仍具有相当的说服力。

我自己又希望她有怎样的感受呢？

我这话听起来就像在说别人的事情，但我真的百思不得其解，尽管这本来就是自己的事情。最近我一直有这种感觉。

## 二十九

在诸事纷至沓来之际，十月已经到来。

或许是因为没有耐心继续等待，某天傍晚，桃桃向我住的公寓打来电话。

"今晚能见面吗？还有没完成的采访选题吧？"

我确实还有想提的问题——桃桃的初中时代，也就是她现在的故事。

"你说的对，不过呢……"我委婉地回答道。

我说话的语气一点儿都不生硬，当自己心怀内疚（内疚是什么东西？）时，就会下意识地变为低姿态。

"我今晚有事儿。"

"菊池小百合同学？"

"不是啦！"

看来桃桃并不想绕开这件事情。

"我要去我妈工作的食堂，在那里吃晚饭。"

"哦？"她的语气中似乎另有深意。

不过，我去了食堂，菊池小百合大概也会在那里，我们当然要一起吃晚饭。可是，这与"去见菊池小百合同学"意思不同吧。

"好吧，那就算啦！"

"我得走了。"我说道。

"你有那么饿吗？"

"还行吧，现在正是能吃的年龄嘛！"

"明白了，"桃桃说道，"那就这样吧。"

电话挂断了。不知为什么，我感到脊背发凉。

在去食堂的半路上，经过工厂正门时，我又碰上了示威游行，那些人依然像在修炼闭口禅。不过，游行队伍的人数确实有所增加，他们所举的有些标语牌上还跃动着"菊池"的字样。

"坚决抗议非法解雇菊池！""让菊池回到工厂！"诸如此类。看样子，小百合的妈妈已成为这场示威活动的象征了。

小百合本人会怎样想呢？她受到的攻击应该与此事无关吧。我有些担心。

我到达食堂后，立刻被领到里面的房间，就是新设置的"VIP室"，也是食堂员工们休息的场所。我进去后看到阿尔大叔坐在圆凳上吞云吐雾，小百合也已经来了，就坐在最里面的餐桌旁看书。

"嗨！"大叔说道，"你来啦！"

"晚上好！"

"今天晚上是汉堡套餐。"

"真的？"我说道。

我非常喜欢吃汉堡。

"嗯！你等等，我现在就去给你们端来。"

"谢谢大叔！"

我坐在小百合的对面，随即打了声招呼。

"晚上好！"她回应道。

"晚餐是汉堡套餐！"我对小百合说道。

她对我莞尔一笑。

阿尔大叔端来了饭菜（汉堡包上面居然还盖着煎鸡蛋），我们随即开始吃饭。肚子太饿了，因为正处于长身体的时期嘛！

从稍早前我们就已是这种状态。当我告诉母亲自己"因为和菊池同学的事儿在学校里受到嘲讽，太丢人啦"之后，阿尔大叔就特意做了这样的安排，而且让我们各自分别回家。不过，这样做能带来多大改善尚未可知。

我没向母亲谈及那些过分的流言蜚语和恶毒攻击，因为那样绝对会让母亲担忧。母亲本来就是个爱操心劳神的人，我不想给她增加更多负担。

虽然我有些犹豫,但还是向小百合提到了来时路上看见的游行的情况。

"游行队伍的标语牌上写着有关你母亲的口号呢!"

"我知道,"她说道,"我妈有点儿为难。"

"是这样啊!"

"嗯!"她点点头,随即用手指把垂在腮边的头发撩向耳后。我觉得那样子特别妩媚动人。

"我妈说她不想那么引人注意。"

"也许吧!这种心情我很理解。"

引人注意确实会令人疲惫不堪。人们的视线会像泰瑟枪射出的高压电"飞镖"般扑哧地扎进皮肉,使中枪者暂时麻痹,只有皮肤特别厚实的人才能够抵挡。

"你刚才看的是什么书?"

听到我这样问,小百合让我看了书的封面。

那上面写着"《安徒生童话集》小学高年级适用"。

"我想参考这个来学习。"

"哦?是这样啊!"我说道,"那很好呀!"

"《人鱼公主》的故事,"她说道,"好悲哀哟!"

"是啊!真的很悲哀……"

离开故乡大海的人鱼公主寻求自己的爱情。

而小百合简直就像个失去说话能力的人鱼公主，在这里无人能懂她家乡的语言。王子（会是谁？）能注意到她吗？她该不会也变成泡沫什么的吧？

我希望她至少不要去读《卖火柴的小女孩》，因为那太令人心痛了。如此说来，《红舞鞋》也是安徒生的童话故事呢！

## 三十

我回到公寓,只见桃桃在楼梯下等候。我大吃一惊,但马上极力控制并故作镇静。

她穿着大红色粗针毛衣和方格纹裙裤,无论何时看到都特别有型。不过,那身装束与这里的环境格格不入,实在太不搭调。

"你回来了?"她说道,话中带刺。

"你没说要来吧?"

"那倒也是啦!"桃桃答道,"不过我觉得最好还是来一趟。"

"哦?是这样啊!"

"嗯!"

"你居然能找到这里呀!"

"还行吧。看看住址登记表,不算太难。"

"是这样……"

她为何而来?特意跑到如此破旧的公寓(真的又破又

脏，我不太想让桃桃看到），要干吗？

我开动脑筋左思右想，能想到的理由都不那么令人愉快。我仍对那晚看到的他俩的样子耿耿于怀，心里当然难免产生抵触情绪。

我任性执拗地一声不吭，桃桃向我招呼道："哎，时郎！"

"嗯？"

"你还好吧？"

她的语气变得温柔和蔼。

"什么啊？"

"你在学校受到了那样的对待呀……"

"哦，是那事……"

她的出其不意使我有点儿小感动，原来她是为了这个啊！

桃桃的关怀让我感到特别高兴，她有时也会像今天这样，圣母式的温情使人甘之如饴。

我真想敞开胸怀向她倾吐心中的苦恼——怎么办好呢？我太痛苦啦……

我的心里话涌到了嗓子眼，却遇到了某种阻碍。

"杠精"模式。我本来想把它关掉，可就是找不到按钮。

我大脑中忽然响起了飞男的声音。

"真是个危险的女人啊！"

然后是桃桃高兴的笑声。

"有飞男在，真的很好！"

很好、很好、很好……

"我很好!"我答道,"那点儿事算不了什么。"

我感到桃桃的神情发生了变化,那种或可称作光环的色调由蓝转红了。

"是这样啊!"她说道,"那我来问问就是多管闲事了吧?"

"不,这是哪里的话呀!"

她不以为然似的耸了耸肩。

"然后呢?"她问道,"采访的事儿怎么办?"

"我当然……"我答道,"想继续啦!这是我的工作嘛!"

我感到自己的口腔快要被这些带刺的话语划伤了。我实在不习惯这种表达方式。

"不过,要想再继续,"我说道,"首先必须修复相互之间的信赖关系。"

"你指什么?"

"先前我也说过的吧?要'素颜相见'!"

"啊,是呀,我还记得。"

"当时桃桃回答说'我就是这样想的啊'。"

"也许吧。因为我就是这样做的嘛!"

"但是,实际上并非如此吧?"

桃桃默不作声地看看我的眼睛,那是与刻克洛普斯一样强烈的视线。

"你想说什么呀？"

"我想说，只要桃桃对我有所隐瞒，就难以建立信赖关系啦！"

"有所隐瞒？"

"是的，好像是在八月吧，不，也许从更早的时候起，桃桃就只是嘴上说告诉我全部，可实际上却一直在隐瞒那件事。"

我不想从自己嘴里明确地说出飞男的名字，而她应该已经心知肚明了。

桃桃的表情发生了变化，显然有些慌乱。

"你是怎么知道的？"

"'怎么知道的'？！"我答道，"不巧的是，我也有眼睛和耳朵，所以也会接收各种信息嘛！"

她一时语塞，把视线投向地面，静静地思考着什么。

一阵瘆人的沉默袭来，我感到快要窒息了。

过了片刻，桃桃抬起头来用窃窃私语似的嗓音问道："是不是……飞男说了些什么？"

我的心脏踏起奇妙的节拍，就是所谓狐步舞那种。

"不，什么都没……"我立刻答道，况且这也是事实。

"那你又是怎么知道的呢？"

"我不想说。我行使沉默权，在这一点上我们彼此彼此。"

我感到情况越来越险恶了，刚才桃桃说出了飞男的名字，好像由此按下了另一个开关的按钮。

"要不咱们来玩'根据提示猜谜'的游戏吧，"我说道，"交替说出最绕弯子的提示。"

"你别较劲了好不好？"桃桃说道，"我也有难言之隐呀！而且这跟'传记'也没什么关系。"

"桃桃的所有事情都与'传记'有关！总之桃桃只想显示对自己有利的那一面而已。"

"你什么意思？"

"就是专门用于'传记'的那一面嘛！桃桃是个害怕寂寞的人，因为爸爸妈妈都很忙，你没能得到应有的父爱母爱，所以对孤独感到十分恐惧。"

"好像你都很了解似的呢！"

"我很了解啊！说不定比桃桃自己还了解呢！在哥哥有了恋人后你的孤独感更加强烈，于是想通过其他人来弥补。"

"其他人？"

"就是年长的人啦！大家都在说，什么摇滚乐手派头的啦、美院生派头的啦，而最终结果就是瑞凡……"

我脸上重重地挨了一巴掌，绝非指弹鼻尖那么轻松，眼前迸出球状星团。这一击太强烈了，她毫不手软。

我诧异地抬头一看，只见桃桃眼中含着泪水。

"我明白了!"她说道,"原来时郎是这样看我的。"

"不……"

我完全清醒过来,大脑中所有的按钮都处于关闭状态。

"太遗憾了!"桃桃说道,"我以为只有时郎理解我。"

她猛地转过身去,头也不回地走了。

我想叫住她却发不出声,我想追上去却迈不开腿。

我方寸大乱,感觉自己好像有点儿不正常。

我产生了自己失当的泄愤对桃桃造成了失当的伤害这种确切的感觉,要好好想想其根据在哪里,要冷静地思索这种失常的感觉究竟来自何处。

桃桃刚才哭了,泪珠是那么清澈晶莹。她说"只有时郎",而"只有"这个词包含着"特殊"的意义。

我对她来说是"特殊"的?若真如此,那飞男呢?而我为什么会感到他俩显得特别亲密呢?因为不太明白原因,所以到头来还是原地兜圈子,得不出结论。

不管怎么讲,我刚才说的话的确有些过头。想象终归是想象,可我还没搞清真相就把那个场景当作发火的借口了。我单凭自己的想象和坊间流言伤害了桃桃,最后甚至要对她做出裁决。我真是太差劲了,我开始对自己产生厌恶感。

那么造成这种结果的根由——好吧,事已至此就明说了吧——就是那种极其可恶的嫉妒之心,它也是我一直憋在心里的不快感的别名。

也就是说,我在心里爱恋着桃桃。

我深深地爱恋着她,已经不可能转移视线。

这正是彻头彻尾、不带问号的真心的初恋。

## 三十一

第二天到校之后,我实在不好意思再面对桃桃,虽然想向她道歉,却不知该怎样做才好。在我迄今为止的人生中从未如此伤害过谁,就如同从未如此真心地爱过谁一样。

万事开头难,虽说这是常理,但人生的第一次确实太难了。因为没有先例可供参照,所以根本不知道该怎么做,束手无策。

在教室里,我尽量避免与桃桃的视线相遇。

上课时,我心不在焉地听老师讲课,一直在考虑该怎么办。

我回忆着以前看过的爱情影片,再把可供启示的场景筛选、排列出来。

然而,电影毕竟是电影,其中毫不吝啬地运用了在现实中无法做到的电影魔法——精心编织的偶然、好管闲事的第三者的绝妙助力、善于搞恶作剧的小爱神那恰到好处的介入……，可哪一种都指望不上。

无论如何还是得以"王道"打开困局。

我必须郑重其事地向她道歉——自己不该捕风捉影地相信流言，无论真相如何都应该相信桃桃的话，我口口声声说信赖，可自己却并未将此当回事儿，根本没有全力以赴地建立信赖关系。

不过，是否表白自己的感情要根据当时的进展而定，因为在表白之前仍然极有可能遭拒而失恋。我不想轻率冒进地做出真心的表白，那样恐怕会搞得双方都很尴尬。

我还考虑去找飞男谈谈，不过这只是一闪念而已，立刻就被我否决了。因为在我对桃桃和他暗中会面的事耿耿于怀并避而远之后，没过多久他也开始疏远我了。也许是心理作用吧，我甚至感到他的眼神中隐含敌意，所以根本不具备沟通的条件。

我最好还是直接跟桃桃谈，然后要做的就是寻找和把握时机。尽量早些好呢，还是等等再说呢？

就在我前思后想、犹豫不决之间，又出现了新的流言，事态也变得更加复杂了。

## 三十二

是啊，先前我也曾对此担心不已，因为有眼有耳的不仅仅是我一个人。

还有桃桃和飞男。

某天早上我来到学校，校园里到处在传有关他俩的流言。

"我看见他俩深更半夜挽着胳膊在站前大街上走呢！""我看见他俩在工厂后边的空地上亲嘴。""我看到他俩在新开发地的废弃车里裸体拥抱哪！"形形色色的飞短流长不绝于耳。

每当听到这种流言蜚语我都会心痛不已，原来在恋爱期间还会产生这种反应。我变得极为敏锐，并且很容易受到这样那样的伤害。虽说流言毕竟只是流言而已，但尽管如此……

既然流言蜚语如此五花八门，那么他俩暗中会面恐怕就不只限于我看到的那两次，一定还曾有过很多次吧。而仅仅我所目击的事实就足以令我痛苦不堪。虽然我绝对不会相信什么"裸体如何如何",但"亲嘴"这个词却奇妙地具有真实感,因此我所遭受的打击就更加惨痛了。

现在的我根本无法去找桃桃沟通,我说服自己应该相信桃桃的话,可我并不知道她实际上会讲些什么,想到这里我就直打退堂鼓。

由于这些新的流言的出现,校内的八卦舆情风向也发生了若干调整。

首先,有关我和菊池小百合的流言迅速地淡出了画面(这也是那位科幻迷同学告诉我的),想必时效性已大大降低了吧。且不说小百合,反正我本人其实只是个微不足道的初中生,因此在真正的"女王"和年级第一不良少年这对少女少男的高光旁就完全变得模糊不清了。

这倒也让我得以解脱。如果那么多飞短流长一股脑儿地全压在我身上,用不了多久我就会窒息。

然后,"女王"的宝座也开始摇摇欲坠。这是因为流言中的男主角实力太差吗?如果换成JG的话,大家就会祝福他们吧。他才是跟"女王"完全般配的人物。

可以说,桃桃与飞男的关系就相当于这座城市的正面与背面的关系。桃桃是事实上支配着这座城市的首脑的女儿,而飞男的父亲则是与之对抗的劳动者群体的带头人。也就是说，他俩之间是一种被禁止的恋人关系，即"罗密欧与朱丽叶"式的关系，恐怕双方的父亲也绝对不会允许……

我想到这里，心中又开始产生厌恶情绪，这不又是浪漫爱情电影的老套路吗？阻碍的力量越大，双方的爱情燃烧得越猛，结果两人共同抗拒不予理解的家长而私奔……

唉！这都是什么事儿啊……

言归正传，在这波动荡中有几个追捧者离开了桃桃，都是工厂干部的女儿。另有少数女孩好像迟疑不决，大家都显示出心神不定、坐立不安的样子，而做客"庄园"的特殊招待也不像以前那样具有神力了。

虽然JG和R2一如既往地前来打卡，可他们的态度却明显蛮横起来。那些家伙，一旦看到对手势单力薄就立刻开始乘人之危。

例如这种场景。

午休时间，JG一如既往地领着R2来到我们的教室，一屁股坐在桃桃的课桌上，"嗨"地打声招呼。这家伙真粗野！而且好像还露出了蔑视桃桃的神态。他们果然等级意识异常强烈呀！

桃桃当然对这两个家伙视若无睹，于是JG对她说："怎么着？你明明跟飞男黏黏糊糊，却不把我们放在眼里呀！"（现在想来，我觉得JG有点儿像《迷幻牛郎》中的马特·狄龙，人虽然长得挺帅，但其实是个险恶的家伙。）

尽管如此，可看到桃桃毫无反应时，这家伙却用更露骨的话语挑衅。

"哎，你别理那个穷小子啦，跟我交往吧。这个时候你就别再装正经了吧，就像跟飞男那样跟我玩玩嘛！"

真是无耻至极，没有半点儿绅士教养。

不过，我有时也会这样想：JG这小子是不是真的迷上桃桃了？

因为我与他是迥然不同的类型，所以表达心思的方式相差100万光年。但这也许是那小子独有的接近方式——不惜采取任何手段强迫桃桃回心转意。

若真如此，那我们就还属于同类，都是一条道走到黑的角色。

## 三十三

这样那样的状况连续不断,紧接着又发生了另一个事件。

在讲述这件事之前,我还想说说工厂近来的情况。

抗议活动在一点点地扩大。那些标语牌上依旧写着"菊池"的字样,这肯定是因为菊池小百合的母亲不是本国人。即所谓"新闻价值较高",因为比起其他员工遭到解雇,作为外国人的她遭到不公平待遇,在各方面都更容易引来周围人的目光。

随着参加示威的人数不断增加,厂方也开始增派保安员,然后对他们进行严密监视。

于是不出所料,他们之间发生了小规模冲突,就像小孩儿们打架那样相互推推搡搡。但是,当某些年轻员工的肘部或肩部碰到保安员的下颚后,厂方却将此视为了暴力事件。

年轻员工很快被警方叫去接受调查。

这时，工厂正门前已经聚集了相当多的人（其中也有我母亲和阿尔大叔，他们向我详细说明了当时的情况）。现场乱哄哄的，不知是谁带来的狗狂吠不止。

后来，年轻员工被无罪释放，但这已成为导致厂方与员工之间产生鸿沟的决定性事件。

整个城市被风雨欲来的氛围笼罩着，仿佛夏日傍晚的积雨云般，连皮肤都有种刺痛感。

在这种氛围中发生了那场"吊刑"事件。

小百合的自行车又被吊在了那棵松树上。

这回虽然自行车没被损坏，但在车筐上用胶带贴着一张纸，用红笔写着"外乡人滚出去"。

接到报告的体育老师搭上梯子取下了自行车，但此时已有很多同学看到了那张字条。

流言立刻传播开来，最受怀疑的当然是JG，可他却说"这是别人在模仿我吧"，根本不做正面回应。

小百合受到相当大的打击，她害怕得要命，情绪非常低落。

她甚至说出"我想回国"这种话。

那是我跟她在食堂的"VIP室"里一起吃晚饭的时候。

"你真的这样想吗？"阿尔大叔问道。

她默默地点点头。

"不过吧……"

"我来到这个国家后遇到的都是痛苦的事情……"她说道,"坏心眼儿的人太多了!"

"哦,那倒也有可能吧。"

阿尔大叔说着挠了挠开始谢顶的脑袋。

"确实有很多不太正经的人啊!但是呢,人情味也被称为这个国家的美德。"

"就是嘛!"我说道,"这不还有我们在吗?肯定会有好事发生的。"

小百合看看我,随即露出悲凉的微笑。

"是啊!谢谢……"

真是个可怜的人鱼公主,我心想。

你可千万别变成泡沫,实现梦想的那一天必定会到来。

你可千万不要放弃……

## 三十四

我的祈愿落了空,针对小百合的恶毒攻击丝毫没有平息的迹象。

"外乡人滚出去"这句话已经成为此类攻击者默认的口号。

这句口号的终极目标是要逼迫她产生"我想回国"的念头吗?我忽然有所醒悟。

若真如此,就必然有某人在背后牵线操纵,而此人肯定把菊池母女的存在视为了眼中钉。这是利用人类阴暗本能的真正的主谋们所玩弄的狡黠策略。

最终获益的人会是谁呢?大家都应该更加仔细地思索一番。


学校的体育节和文化节这两场大型活动在此期间举行完毕,虽然也发生过几件不愉快的事情,但在这里就不必赘述了。尽管也有人很想知道那些事情,但我自己毫无兴趣,而且那些家伙的趣味也真是低级透顶，可以说没有任何创意，或者说都是生搬硬套别人的东西。我觉得他们应该自己多动动脑筋。就因为总是那个样子，所以他们才会被阴谋家随心所欲地利用。

这段时间，教室里仿佛变成了人类社会的缩影。

无论是城市还是乡村，其中的集团和学校中都在发生着同样的事情。

有些家伙梦寐以求当各种集团的老大，有些家伙惯于阿谀奉承，有些家伙相互之间反目成仇，由此形成了等级制度的金字塔结构，那些家伙就费尽心机地拼命向上爬。

别人失分就相当于自己得分，别人的不幸如同蜜糖般美味，因此他们都特别喜欢丑闻和八卦，不遗余力地为那些演绎恶语中伤和他人失态的无聊段子鼓掌喝彩。

无论是谁，骨子里都还残留着人类尚属野兽时的本能，并可悲地受其摆布和捉弄。

这才真是悲惨世界！

## 三十五

今天是十一月的最后一天——星期四。

这一天，班里要为两周后的定向越野活动进行分组。原计划两周后要在本市附近的森林公园里组织定向越野活动。

分组是个相当大的难题。

虽说同学们可以自由组合，可这反倒让事情变得更加复杂。分组要求四人一组，没有男女生限制。

同学们马上开始挪动位置，椅子咔嗒咔嗒作响，大家按照自己的意愿在教室里分组。关系较好的女孩们结成一组，同属一个俱乐部的男生们结成一组，不良倾向加重的那帮人则是男女各两人结成一组。

我很顺利地组成了一组。虽然饱受流言蜚语的攻击，但分组却如此轻松，连我自己都有些惊讶。

那位科幻迷男生最先来到我身边。他说"嗨"，我也回应"嗨"。

然后是一个无线电迷男生走过来问："我也可以吗？"

我回答说:"请吧!"

最后走过来的是一个铁道迷男生。他什么话都没说,甚至连跟我们眼神交流的意思都没有。

我们以极稀薄的伙伴情谊集结在一起,就是异类迷之间的交流。平时大家活跃在各自的领域里,只是在这种时候才以速成的凝聚力结成团队。我想,我们各自独立而不归属于任何群体,也是以这种形式组队的理由之一。完全独立而无归属的他们根本没有等级意识这种概念。

教室里仍然乱哄哄的,因为如果有五名要好的伙伴聚在一起,就必须分出一名加入别的小组,而只有两名的就得跟其他感觉合得来的同学凑成一组。大家为调整人数耗费了不少工夫。

我大概扫了一眼,看到桃桃已被追捧者的余党或曰特权意识较高的女生们包围,暂时还算平安无事。

我又环视周围,只有窗边小百合的座位那里赫然空出一大片,谁都不向她靠近。

我心中开始隐隐作痛。

"来到这个国家后遇到的都是痛苦的事情",她这句话又在我耳畔响起。

我无法保持镇定自若,惴惴不安地环视周围。有没有谁去帮帮她呢?

我自己不可以,因为我是流言中与她相关的男主角。

如果我跟她结成一组,他们肯定会说"瞧!真是那么回事儿"。我绝不能容忍出现这样的结果,而且这可能会对她造成更大的伤害。

不过,我心里也很清楚,这些只不过是借口而已。

为了她,所谓为了她,其实不就是为了我自己吗?

流言只不过是流言而已,让那些低级趣味的家伙们说去吧!因为那些胡言乱语连蚊子放屁的威力都比不上。只有在某些人把它当回事儿的时候,它才会像蝴蝶扇动翅膀那样开始形成攻击力。

不要把它当回事儿!因为这是针对那种低级趣味式发泄的特效抗击方式,是神圣的黄金律。最重要的只有一点,就是不能袖手旁观而让她陷于孤立,要让她知道自己并不是在孤军奋战。我不能眼睁睁地看着她变成海水的泡沫,我要做一个贤明的王子。

好的,我知道该怎么做了!虽说我并非一表人才,但依然是个相当不错的男孩,也想做个好男孩。这总比连想都不想强得多吧。我在采取行动时并非只考虑自己,还会顾及别人的感受。

所以,嗯……我最后的决定是什么呢?

就在我深思熟虑时,大家好像完成了其他组的再次调整,教室里安静了许多。

我依然坐立不安，心里还在犹豫。

就在这时，有人从椅子上站起身来，弄出特别夸张的响声。

大家都转过头去，我也慌忙回头看去。

那是飞男。

他在教室最后一排靠走廊的座位。

以前班里曾多次调整座位，可他无论如何都不离开那个位置。他就像熬过悠久岁月的摩崖造像，将脊背和头颅托付给了岩壁一般，俨然一副孜求参透宇宙真理的高僧般的容颜……

可是现在……

教室里顿时鸦雀无声，他向前走去，集全班同学的目光于一身。

虽然眼光因人而异，但我觉得他那姿态就像某个在T型台上迈开潇洒步履的男模特。

飞男刚走到教室中央的位置，就忽地被那片腾出的真空地带吸了进去，极为自然而然，毫无犹疑踌躇。他轻轻地拉出菊池小百合旁边的椅子，以非常优雅帅气的造型坐在那里。

与此同时，教室里骤然爆发出一片喧哗之声。

在剧烈沸腾的议论声中，可以听到"什么什么""飞男和菊池小百合""那小子不是南川桃的恋人吗""这是怎么回事儿"等议论。

同学们情绪激昂，那声浪仿佛千百只蜜蜂同时振翅发出的噪鸣。

我完全错失了率先登台的机会！我还要迟钝到何等地步！不能在适当时机采取适当行动，是不是因为我之前做过某种逆天的蠢事？

我把微微抬起的屁股猛地从椅子上彻底离开，在慌乱中向他们走过去。

这时我忽然想起了什么，又停下脚向同组的伙伴们告辞。

"抱歉！我也要去那边。"

"加油！"科幻迷男生小声说道。

"嗯！谢谢！"我也小声地回应了他。

我开始向那两人所在的窗边走去。

骰子已经掷出，我终于要"跨越卢比孔河"了。从明天开始，我就是彻底的圈外人了，要作为违背班级潜规则的叛逆儿生存下去……

但是，同学中却没有人盯着我看。

他们都热衷于目前刚刚浮出水面的绯闻，好像对我这个落后一圈才跑到终点的缺心眼儿骑士不屑一顾。他们把脑门儿凑在一起，气势凶猛地大发议论。

哦？居然会这样！我心想。什么玩意儿呀？这样忽悠我也太狠了吧。

如此看来，我还是最适合扮演无名旁观者。好呀，那倒也算不了什么啦！

我来到窗边，随即向那两人打了声招呼，却遭到了飞男的无视，他根本连看都不看我一眼。

小百合向我表示关切，用担心的语气问："你不要紧吧？"

这话该由我来说嘛，我心想。小百合，你不要紧吧？抱歉，我迟了一步，本来应该由我最先来到你身边。

我只说了句"不要紧啦"，随即坐在她前面的座位上。

好啦，这下就有三个人了。

我又看了看刚才离开的那个组，有个将棋迷同学正好填补了我的空缺。原来如此，他这是被学霸组踢出来啦！

各组基本上已调整完毕，本班共有42名同学，因此应该有两名同学剩余。这两名同学将与领队和副领队两位老师组成一组。

然后就看剩下的三个人中谁来加入我们这个组了。

其中一个是几乎不到校上课的男生，他今天也没来。而且，在定向越野活动那天是否能来也说不准（他把全部人生都奉献给了家用游戏机）。

另一个是孤独癖相当严重的女孩。她在生活中总是把自己隐藏在刘海儿的后面。不过，她冰雪聪明，有志于把全世界的语言都输入自己的大脑，现已被化身为"活语料库"的妄想附了体。

最后是个性别极为模糊的男孩，他一直对自己有性别认同的疑问。其实他并不讨人嫌，应该是过于优柔寡断了。

我很欢迎他，感觉他好像易于合作。

不知从何时起，刚才教室内的喧嚣声已经平息下来了。看样子，同学们的关注点似乎已经完全转移到最后一个加入本组的会是谁上来了。

孤独癖严重的女孩和性别模糊的男孩摆出与己无关的表情置身于这种沉默之中。

无论谁加入我们组，那位同学都会成为这间教室里新的牺牲品吧，我心想。各种飞短流长会被当成冷嘲热讽和撒气解闷的最热门谈资。若真如此，他（她）可就实在太倒霉啦！

那还不如干脆只由我们三人……

这时，又有人哐当作响地站起身来。

大家一齐转过头去。

有的女生甚至发出尖叫般的呼声。

这回站起来的是南川桃。

不会吧？！为什么？！

同学们的兴奋度一举达到顶点，天下居然会有这么好看的戏码？！

到了这种时候，就连擅长做戏的桃桃表情也很僵硬。因为大家的目光都如泰瑟电击枪，而且电压已达到最强，被瞄准的人面部肌肉当然会麻痹。

即便如此,桃桃还是走了过来,虽然脚步相当不稳,而且表情十分僵硬,但她还是挪到窗边,瞅了我一眼就坐在了邻座。我隐约听到她"呼"地舒了一口闷气。

为什么呢?我心想。她为什么执意做出这种成为众矢之的的举动呢?

难道是因为飞男在这里吗?这就是所谓好莱坞影星们经常搞的"交友宣言"吗?我朝她瞟了一眼,可尚未具备探测功能的我哪能读出她在想什么呢?

不过也罢,总之桃桃就在这里,我们三人将贴上"反对孤立菊池小百合"派的标志,捆绑在一起。

这些且不赘述,总之我深感欣慰,我们已经结成合作伙伴了。

桃桃完全恢复了镇定,脸上透出坚毅的神情,凝视着黑板,对同学们的目光也不那么在意了。这是因为,她已变为经过镀钛加工的"钢铁女王"。

虽然教室里的嘈杂声仍在持续,但分组秀已表演完毕,老师强制性地把"活语料库"女孩作为桃桃的替补人员,最终完成了分组。剩下的"性别模糊"男孩似乎有点儿沮丧,也许他刚才还以为自己最适合做桃桃的替补。

我们互相一句话都没说,默默地回到了自己的座位。

我心潮澎湃,难以平静,如果用飓风等级来比喻,恐怕已经达到4级或5级了吧。

我感到自己好像站在极其危险的位置，比如说正在施工的高层建筑那刺向空中的钢筋顶端，身体被强风吹得剧烈摇摆，对到底能坚持到何时毫无自信。我看看身边的桃桃，她已经严重失去平衡，只能单脚独立，随时都可能坠落下去。

果不其然，这些全都变成了现实。

从这天起，桃桃的坠落开始了。因为她把迷彩弄穿帮了。

## 三十六

首先,最后那帮追捧者也离开了桃桃。这也是没办法的事,因为桃桃主动背叛了她们的忠诚。不过,也许即使现在没有发生此事,树倒猢狲散也只是时间问题而已。她们的忠心产生了极大的动摇,就像稍有风吹就会从枝头飘落的枯叶。

而且,JG和R2那两人也不再现身了。

这种状况令人不寒而栗,因为他俩曾那样频繁地前来"打卡",可现在却半途而废了。难道是贵族集团已经对"女王"失望而放弃她了吗?所有人都认为这是谋反的狼烟信号,肯定将要发生某种事件。

果不其然,高见亚纪的反击开始了。

JG站到了高见亚纪这一边,可能是她的宽容态度显著奏效了。JG全面支持亚纪恢复地位的行动。

"说到底,就是谁最适合做'女王'的问题吧。"他说道,"究竟是什么样的人,只要看她跟谁黏糊就马上清楚了嘛！"

当然，因为桃桃是大老板的女儿，所以谁都不会公开露骨地对她进行非难，而是在暗地里火力全开地诽谤中伤，煞有介事地贬损桃桃，并笼络周围的同学孤立桃桃。

目睹当红人物过气失势的样子，对于某类人群来说是相当愉快的事情吧。这种新的娱乐方式令她们乐此不疲。

她们在走廊上斜眼看着独来独往的桃桃并咻咻窃笑。

课间休息时，她们朝独坐桌旁阅读文库本的桃桃指指戳戳，并嘁嘁喳喳地嘀咕些什么。

在桃桃独自吃外卖午餐时，她们就在桃桃背后故意做出纵情欢谈的样子。她们知道，自己的谈笑风生能使桃桃更显孤立。她们知道这一点，并在心里享受这种快感。

高见亚纪带领她的追随者，自我炫耀地在校园里招摇过市。狗狗的爬跨行为中还包含着炫耀权势的意思，这个说法我曾在哪里读过。那么她的行为也有这种意思吗？

高见亚纪还曾来过我们班教室，她当然对桃桃佯装视而不见。

她在跟桃桃之前的追捧者们貌似愉快地交谈着什么。

桃桃坐在自己的座位上，一声不吭地忍耐着这种复仇式的恶意烦扰。她望着自己指甲根旁的皮肤倒刺，将其去掉之后再仔细察看。

虽然高见亚纪的这种卑劣行径欺人太甚，可桃桃却若无其事，根本不当回事儿。

有一天早上我到教室后，发现黑板上画着一个大大的双人伞。

"桃桃和飞男是热恋情侣！"

可桃桃对此却完全无视，根本没有赶忙去擦掉的冲动，如果反应过度倒会正中对方下怀。因此，最终是来开早会的班主任老师把它擦掉了。

老师盯着我们看了看，倒也没说什么。飞男迟到了，他甚至没有机会看到那幅恶作剧涂鸦。

他本来就一直被孤立，也从未得到过同学们的青睐。因此，他对这种情况也总是无动于衷，纯属彻头彻尾的局外人。

而我和菊池小百合则与他完全不同，我们并未像他那样经过千锤百炼，也不坚忍顽强，所以总是为了鸡零狗碎的事而心灵受伤，对周围的无心之言也会立即有所反应。

我们是游离在边界上的漂泊者，时而故作要强地给自己打气，"就算孤独一人又有什么呀"，时而发发牢骚，"这种滋味确实不好受啊"，总是摇摆不定。


教室里有四块真空地带，谁都不会靠近那里。这四个人犹如分别泳渡上岛的落水遇险者，能对话的只有自己。

再过不久，他们也许会不堪孤独，会向苍蝇或冷风搭话。

## 三十七

其实，在此期间我曾去过桃桃家一次，不过并非受到邀请才去的，而是有些担心她，所以去探望了一下。

我真的不太清楚这种心态，所谓恋爱就是各种情感的大杂烩吧。多种纠葛和矛盾天经地义般地同时存在，忽而迫不及待地想立刻见面，忽而怒火中烧、大发雷霆，有时天真乐观，有时胡思乱想、悲观失望。

这些感受以绝妙的平衡性相互制约，此时就会产生所谓"烦闷苦恼之感"。对，烦闷苦恼，恋爱就是烦闷苦恼，就像酸甜带涩的李子的那种滋味。

我就是想安慰一下桃桃，对她说些鼓励的话语。

但另一方面，我还想对她说这些都是她自找的。这两种都是真心话，因此这里也有矛盾。

在《巨人传》这部老电影中，那位伊丽莎白·泰勒说："吵架的优点就是能和好如初嘛！"而现在我感到自己也能理解这句话的含义了。人常说正因为急于温柔相待，所以才会感情用事，恋爱绝不是那么简单纯粹的事情。

我在通向那座别墅的林间道路上骑车前行，从后方开来的一辆豪华轿车超过了我。那是外国造的粗线条轿车，颜色为深绿色。

那辆车向前行驶片刻后停了下来，当我追到车旁时，车窗倏然降下，车内有人向我打招呼。

"你是我女儿的同学吗？"

这是桃桃的父亲，他简直帅极了（我觉得润哥长得像他父亲）。她父亲看上去也年轻得让人难以置信，而且装束特别鲜亮，穿着大红色 V 字领毛衣。

"是……是的。"我回答道。

"你来找她吗？"

我情急之中说了假话。

"不是。"我摇了摇头，"我要去湖边。"

"哦，是这样。"桃桃父亲说道，"这里是私家道路，其他人不能进入。你要去湖边的话就走别的路吧！"

"好的！"我回答道，"对不起！"

我赶紧掉转自行车原路返回。

我心里开始七上八下，那就是我所喜欢的女孩的父亲。仅仅这样想想，我都会心慌意乱，不能自已。

我偷偷地回头观望，那辆轿车早已远去。

桃桃的父亲会不会把这事告诉她呢?

"对,就是一个长着卷发的瘦男孩,他说是你同班同学,要去湖边。"

哇,好难为情!我来找桃桃的意图已经昭然若揭,而且连撒谎逃离的情况也会被桃桃知晓。

第二天,我一直提心吊胆地窥探桃桃的反应。

哎,时郎,你就那么想见我吗?我担心桃桃会这样嘲讽我。不过,最终桃桃什么都没说,看样子昨天那事并没有暴露。我得感谢桃桃的父亲。

要不就是他们父女俩的关系比我想象中还差,差到几乎没有什么语言交流。

若真如此,桃桃的孤独感就会更加深重。

## 三十八

某日又发生了新的事件。

据说，菊池母女居住的出租房不知被什么人洗劫了。

"有什么东西被盗了吗？"

"没有。"小百合摇摇头答道，"什么东西都没少。"

仍旧是在那间"VIP室"里，我们在布满烟头焦痕的装饰板餐桌旁相对而坐，刚刚吃完炸鸡块套餐。

"看这情况是不是有点儿不对劲啊？"阿尔大叔说道。

他叼着戒烟烟嘴代替香烟，据说是因为受到了夫人的责备——一个当大厨的满嘴尼古丁味还怎么做饭？！

"把屋里翻得乱七八糟却什么都没拿就走啦，哪儿有这样的小偷？那房子怎么看都不像富人住的，所以盯上这样的人家本身就很奇怪嘛！"

小百合什么话都没说。

不过，我觉得她肯定已经完全明白，这并非真正的盗贼的所作所为，而是另有目的，与那辆遭到"吊刑"的自行车如出一辙。

"外乡人滚出去!"

就是这么回事儿!那是把她俩视为眼中钉的人们留下的强烈警示。

"太恐怖了!"小百合说道,"我害怕得晚上睡不着觉。"

"嗯,可以理解啊!"阿尔大叔点了点头,"家里只有两个柔弱的女人嘛!"

"是吧,时仔?"大叔看看我说道,"你去小百合家住几天怎么样?就是在晚上当个保镖嘛!"

"啊?我?"

"嗯!那样的话,小百合也能安心睡觉了呀!"

大叔说的也许没错儿,可要是被学校那帮人知道了可就大事不好啦!

说不定,"佐佐时郎和菊池小百合约会过夜"的独家快讯就会传遍校园。

这还不够,像"他俩已经结婚""听说都有五岁的孩子了"这类胡言乱语也有可能出现。因为那些家伙真的无耻至极。

不仅如此,还有我跟桃桃的事情,如果搞得尽人皆知,那可就陷入走投无路的绝境了。就算不为人所知,我也会觉得有愧于自己的初恋之心。

正当我穷于应答时,小百合红着脸小声说:"不用了,我能应付。如果那样做，恐怕对佐佐君不好。"

"不，"我赶忙说道，"那倒不会……"

"我真的没事儿。房东说他会注意巡视。"

"是这样吗？"阿尔大叔问道。

"是的！"小百合说完使劲地点了下头，"所以就……"

"是吗？"大叔说道，"真是那样倒也好呀！只是时仔有点儿遗憾啦！错过了当骑士护卫小百合的机会。"

我面带暧昧的笑容暧昧地点了点头。

或许真的如此，我无论何时总是错过充当护花使者的机会。

无限憧憬孤高骑士的懦弱小丑——这就是现在的我。

## 三十九

这一事件成为引爆点,工厂里又发生了骚动,示威队伍向公司发出强烈抗议。

他们强调入室打砸菊池母女家的是公司当局方面的人,虽然尚无证据,但也绝对不会有错。这帮人到底还要使出怎样龌龊的手段才肯罢休?!

工厂干部当然对此予以否认。

"你们这样寻衅闹事也太过分了!""都在说些什么疯话?""傻瓜才会跟你们多费口舌!"

厂方如此冷漠无情的态度惹得示威者更加群情激愤。

其中有些血气方刚的年轻员工做出近似失控的举动,于是跟欲加阻止的保安员发生了激烈冲突。

此次冲突导致双方出现了几名轻伤者,而示威队伍的带头人——飞男的父亲——以自愿的形式接受了询问调查。还好,这次风波过后,他最终没有被追究任何罪责。

可问题是几天之后厂方突然解雇了飞男的父亲。不管怎么讲，这种做法实在太过分了。其后果可想而知，厂里的员工们义愤填膺。

这完全是非法解雇！仔细思量，我觉得那次冲突也有公司方面故意设局的嫌疑，恐怕都是为这一天准备的脚本吧。

员工们的疑心不断加深，对公司的不信任感达到了极点。

下一个目标将会是谁？"犯上作乱"的员工都会被解雇吗？这种暴行不是与法西斯主义如出一辙吗？

众人的愤怒情绪犹如火山岩浆般迸溅沸腾，眼看就要猛烈喷发。

这事儿恐怕不会就此结束，我们心里都这样想。

## 四十

另一方面，暗藏的危机也在向我迫近。

那是在示威者与保安员发生冲突的第二天。傍晚，我仍如往常一样前往食堂，阿尔大叔正等着我，我刚进门就被他抓住了胳膊。

"好疼……"我刚喊出声。

"嘘——"大叔示意我别说话，"到这边来！"

说完，大叔没让我去平时那间"VIP室"，而是带我前往厨房最里面的貌似仓库的房间。

突如其来的变化令我胆战心惊。究竟发生了什么？是不是我做了激怒大叔的事情？

当我走进堆满纸箱的仓库时，看到母亲已在那里，她就藏在纸箱之间的缝隙中。

"妈妈！"

"啊！太好啦！"母亲说道，"我觉得你应该没事儿，可又担心万一发生意外状况。"

"什么状况?"

"讨债的人来啦!"阿尔大叔说完,随即从胸前衣兜里掏出戒烟烟嘴。

"讨债的人?"

"虽然对方没报自己的名字,但估计不会有错儿!看那两人的架势很像。我老伴儿出去应对的,他们向她打听你母亲的情况。"

"他们怎么知道的呢?"

"不,据说看样子不像是有目标而来,大概是找以前的朋友挨个儿打听的吧。"

"是这样啊……不要紧吗?"我向母亲问道。

"嗯!"母亲微微点头答道。

不过,她的脸色还是显得有些苍白,或许是由于这间仓库里的老旧荧光灯的照射。那上面的镇流器发出"吱——吱——"的噪声,就像错季的蝉鸣般刺耳。

"当时我正巧在厨房的里间,"母亲说道,"所以赶快藏了进来……估计没被他们发现。"

"是不是咱们被谁认出来啦?"

"不太清楚。但还是小心为好。"母亲忧心忡忡地摇摇头说道。

"现在咱店里的年轻人正在跟踪那两个家伙。"

"是吗?"我说道,"这简直就像谍战片呀!"

"啊，是啊！那个主角是叫詹姆斯·邦德吧？嗯，说到咱店里那小子的话，充其量也就是淀粉糊小白脸吧。"

我禁不住笑了出来。大叔可真是个风趣的人呀！

就在我们说这说那时，那位年轻人回来了。果不其然，与其说他像邦德，不如说他面容清秀，真有种刷了淀粉糊的感觉。他为自己刚才的侦探行动感到兴奋，脸颊甚至泛起了红潮。

"那俩家伙坐电车走了。已经离开这里了。"

"你没被发现吗？"

"没问题啦！这个我很擅长，那俩家伙连头都没回！"

"是吗？谢谢你，可以回厨房去啦！"

在"淀粉糊"君走出仓库之后，大叔说："好啦，那两人走了，总之这事儿已经解决啦！咱们吃晚饭吧！"

不过，母亲和我的心情却没有"已经解决"那么轻松。

那些家伙在两年之后还在追踪我们，说不定是另有其人接替了他们继续讨债吧。

母亲在这家食堂工作用的是假名字。另外，为了不暴露自己，她还采用了各种方法。尽管如此，那些家伙还是追踪至此，用尽手段把我们逼上绝路。我们母子俩已经没有安全的栖身之所了。

那天晚上我无法入眠，感觉就像赤身裸体地躺在猛兽出没的森林中。我想母亲也一定是这样吧。

整个夜晚,透过纸隔扇时时传来母亲压抑的叹气声和辗转反侧的响动。

## 四十一

那个夜晚之后过了三天，是举行定向越野活动的日子。

在这前一天，飞男的父亲被厂方解雇，此事在同学之间也成了热议的话题。他们饶有兴味地等待飞男出现，可直到去校门前乘坐大巴时他都没出现。

没能等到飞男的大巴终于发车了。

而且不只是飞男，居然连小百合也缺席了，我们组就剩下桃桃和我两个人了。

这下可就太尴尬了，我心想。按照要求，各组组员要协同行动一小时左右。也就是说，其间我会一直跟桃桃两人单独行动！我心里既高兴又恐惧，只是想想就激动不已。

我隐隐有种预感——飞男不会来。发生了那种事情，他根本不可能来，因为那小子家里现在已经陷入不堪重负的境地。

说到我自己，其实也曾想过如有可能就请假。自从那天之后，我一直坐立不安，心情怎么都平静不下来，而且越来越感到恐惧。

小百合可能也是这样吧。发生了那么多针对自己家的恶劣事件，哪里还有心思去山上转悠啊，她是不是这样想的呢？

虽说如此，但跟桃桃两人单独行动，这也实在让我左右为难啊……

不过，我的困境意外有了转机，因为不出所料，电游迷男生缺勤了，所以那个性别模糊的男生就补充到我们组了。老师们好像也因不必跟着爬山而如释重负。

我也如释重负。不过……从另一方面来讲也还是有点儿遗憾，因为如果跟桃桃单独活动的话，或许就有机会言归于好。

虽然完全没有准备脚本，但只要做好一切电影知识的总动员，并在每场戏中适时说出最精彩的决定性对白，也许还有希望跟桃桃和好如初，我心想。自己已被逼到这种境地，能做的也只有这些了。充分发挥自己的特长，这也是突破现状的惯用套路嘛！就连《安妮·霍尔》中的伍迪最终都会惨遭拒绝，尽管如此，但毕竟努力过。

我们乘坐的大巴抵达森林公园后，先由校长致辞，再由老师讲解注意事项，随后同学们就分成两路，各组间隔两分钟出发。我们组相当靠后。

地图和罗盘由我携带。桃桃满脸阴云密布，看样子怒气尚未消尽。这也难怪，因为我上次的言行确实有些过分。

那个性别模糊的男孩叫"咪"，这当然是绰号，其实就是"咪诺鲁"的简称。

感觉这个绰号很像猫咪，而他本人也真的相当猫里猫气，特别可爱，就连我这个男生看着都怦然心动。他长得娇小窈窕，有一双乌溜溜的大眼睛。

"啊，太好啦！"他高兴地说道，是那种稍带鼻音的沙哑嗓音，"我先前还挺担心，要是一直跟老师同行可怎么办呢！请多关照！"

咪君随即向我们送了个"秋波"。也许只是眼角抽搐了一下而已。因为瞬息而过，所以我不太确定。

不管怎样讲，咪君真的是个性别模糊不清的男孩。

即使在出发之后，咪君依然口若悬河地说个没完。

"其实吧，我一直特别仰慕南川同学，"咪君说道，"今天能这样跟你近距离说话，我真的高兴极了！"

"哦？是这样啊！"桃桃说道。

她似乎对咪君挺亲切，或者应该说这就是平时的桃桃。

"桃桃吧……哦，我可以叫你桃桃吗？因为咱们都已经是朋友了嘛！"

"啊？"桃桃说道，"嗯，倒是也可以……"

桃桃也有点儿迟疑。

"桃桃,你对服装的审美还蛮不错呢!"咪君说道,"你的校服略加修改过吧?那样的线条简直太棒啦!原先土里土气的校服变得就像高级服装店的定制品!不过吧,其实桃桃的身材本来就特别棒。我好羡慕呀!你的腿怎么会长那么长呢?"

"说到为什么……"桃桃说道,"是因为我出生后在外国生活过?这谁知道?难道不是遗传的吗?"

"是这样吗?我觉得简直就像超模辛迪·克劳馥,真的太帅气了!"

"你太夸张了,根本不是那么回事儿!"

"你今天穿的牛仔夹克衫也非常可爱,这种款式可不太常见。"

"哦,这是去伊比萨岛时买的。因为我的服装大都在那边集中购买。"

"果然如此啊!太好啦!我真崇拜你呀!我就想当个时装设计师,甚至想初中毕业后就立刻去那边。"

"哦?那太好了!"桃桃说道,"要加油呀!"

"嗯!谢谢你!我得到桃桃的鼓励,勇气增强了100倍。我一定努力!"

两人的对话就这样在没完没了地持续着。

什么定向越野啊?滚一边去!我已完全被排除在外,独自盯着地图和罗盘说"是这边""从这条路向左",指引着忘我欢谈的那两人。

这倒也没什么可奇怪的,因为被边缘化的咪君从未去过"庄园"(只有桃桃的追捧者们认为"有益处"的人才会被选中),所以这是他第一次跟桃桃说话,简直欣喜若狂,感觉就像铁杆粉丝初次参加自己所追捧的模特或女星的粉丝见面会。

由于这个,诸如探测路线、找到标志物并在地图上记录定位等自然都成了我一个人的工作。

## 四十二

尽管如此,出发后过了三十分钟,我们好歹算是来到了整个赛程的中段,大致符合进度要求。时郎,真不简单呀!

因为我们这次走的是针对学生而设计的非专业性路线,所以难度较低,只要不是特别笨,就不会漏掉标志物。标志物没有使用字母,而是用的动物图形,所以只要把相应动物名称标在地图上,即可证明通过了定位点,例如熊、考拉、鸵鸟、企鹅等。

现在,地图线路上的多半空栏都已填好。我高兴极了,我出乎意料地喜欢这次运动。

我推测应该快到下一个定位标志点了,就在我瞪大眼睛搜索时,从树丛对面传来同学们的说话声。

"啊!"咪君说道,"是那些家伙……"

我们向那边接近后,看到了另外两个组(标志点也在那里,动物图案是大猩猩)。

其中一组是我此前离开的"以极稀薄的伙伴情谊集结的异类迷联盟",因为他们完全不适合户外运动,所以现在脸色相当不好看。

而另一组是由JG、R2和两名女生组成的"贵族组"。那两名女生也都是高见亚纪的"亲信"。

看样子JG还未觉察到我们,正在急不可耐地催逼"异类迷联盟"的组长——科幻迷男生——告诉他什么。

"所以你爽快点儿让我看一下就行了嘛!这样你们也少不了什么东西吧?"

"可那样做会违规……"

"你说我违规?"

这时R2发现了我们,用肩头碰碰JG提醒他。

JG慢慢地转过头来。

我听到他"喊"地发出微弱的咋舌声,并露出不光彩举动被发现的尴尬表情。

"他说这里的标志是大猩猩。"过了片刻他说道,那皱眉歪嘴的面孔简直就像大猩猩。

"知道了就赶紧走吧!"

"那可不行!"

背后响起了喝止声,吓得我心头一惊。这当然是桃桃。她怎么又要故意把事情闹大?

桃桃从我身边走过,站在了JG的面前。

"你们还是别干这种事儿了！"桃桃说道，"太不光彩啦！连这点儿道理都不懂吗？"

"你说什么？"

JG脸色大变，我不由得颤抖了一下，这家伙真发怒时的面孔简直就像AK-47突击步枪的枪口。顺带一提，这种枪已成为世界上使用最广泛的战争武器，说明其杀伤力相当大。

"你们大家呢，"桃桃转向"贵族组"的其他成员们说道，"也不要再对这种家伙唯命是从啦！"

"咔嚓"，哪里响起类似安全带锁扣脱开的声音（其实是JG的腰带银饰吊坠的响声），紧接着，那家伙伸手死死抓住桃桃的肩头。

"你说'这种家伙'是什么意思？"

他那粗哑的嗓音简直不像十五岁少年，但是桃桃毫不畏惧。

"就是为了自己的贪欲，冷酷无情地伤害别人的家伙！"

"那又怎么样？"JG说道，"你上课时没学过'弱肉强食'吗？强者为王不就是这个世界的天理吗？"

"你那个理已经落后100万年啦！首先，你一点儿都不强，只不过是倚仗当官的父母的权力而妄自欢喜的流氓猴子而已。"

"你说什么？"

情况不妙，我心想。桃桃话说得过了头，强烈地刺中了JG的痛点。而枪口就在桃桃的眼前，一旦开火她就……

"你把手从桃桃身上拿开！"

突如其来的断喝声令在场的人都静止了，时光仿佛在这个瞬间被冻结。我这声咒语真是威力巨大。

JG用凶恶的目光瞪着我。当我回过神来后，发现在场的人都在看着我。

原来如此，我心想。那句像男主角登场的经典台词是从我口中喊出来的……

话已说出口就不可能收回，为了救桃桃，我必须做好多少承受些皮肉之苦的心理准备呀！虽然我只是个懦弱的小丑，但关键时刻也想学学勇猛的骑士。此时不勇，更待何时？

我缓缓地走到桃桃身边，轻轻地把JG搭在她肩头的手指掀开。JG没有抗拒，对突发状况似乎感到茫然不知所措。

就应该这样做。但我是个彻头彻尾的配角，只是个临时演员而已，连克拉克·肯特都比我的存在感强得多。

我把桃桃推到旁边，自己站在了JG的面前。然后，我用舌尖稍稍舔湿嘴唇并嘟囔道："我说……"

这是另一句咒语。

时光再次流动起来。

"你这家伙！"JG说着挥起了拳头。

"停!"我说道。

我没有做出任何防护动作,可以说是不抵抗主义。

可能是因为JG对我这种姿态深感困惑,他顺从地应声停下了挥起的拳头。

"我宽恕你!"我说道,"'你无法和一只攥紧的拳头握手',来吧,把你的拳头松开!"

这句话也是从圣雄甘地那里借来的。由本·金斯利扮演的甘地简直帅得一塌糊涂,曾有一段时期,我对他特别着迷。

好啦,反正不管方法如何,我觉得这事算是摆平了。我没有产生丝毫的恐惧感,也许是对紧急状况的心理反应麻痹了,或者是上次险遇讨债者可能与此事存在某种联系。这是恐惧的末期症状。

从JG的手触到桃桃肩膀的那一刻开始,我的"限速器"就几乎要崩溃了。我无论如何不能容忍那家伙的脏手接触桃桃。

当我觉得必须帮助桃桃时,隐藏在某处的"开关"突然接通了,变身!我是超级英雄,就是遇到危机立刻激活潜能的英雄。

不过,这一效果也在逐渐消退,于是彩色计时器开始闪烁。这也太短暂了。算了,有句话叫作"巧妇难为无米之炊"嘛!

我鼓足勇气催促 JG。

"来吧！"我说着伸出了手掌，连自己都明白手指在颤抖。但愿 JG 不会觉察到。

JG 慢慢地放下挥起的拳头，并在我眼前静静地展开手掌。

成功了，我心想。只要和颜悦色地沟通就能相互理解，毕竟宽容和对话是通向和平的必由之路。

然而，就在我抬起臂腕刚要握 JG 的手时，面部被他用掌根猛力痛击，我全身腾起向后翻倒，直接滚下斜坡，头部狠狠地撞在了坡下两米远的树桩上。

我耳中"咚"地响起令人厌恶的轰鸣声，眼前迸溅出华丽的彩星。真像曼哈顿的夜景啊，我心想。虽然我从未实际看到过。

"时郎！"桃桃呼喊着滑下斜坡，"你没事儿吧？！"

我没立刻回应，而是试着抬了抬胳膊，意思是虽然相当疼，但还不至于动不了。

可能是看到我并无大碍就放了心（JG 也是凡人，也害怕做出杀人害命的事情），他猛地抢过科幻迷男生手中的地图，带着另外三人径直离开了。

桃桃蹲在我身边，担心地问道："碰到头啦？"

"嗯，后脑勺'咣'的一下。"

她捧住我的头，轻轻地靠在她的腿上，随即伸手探摸我的后脑勺。

"肿了个大包呢!"

"好像是。"

"好像没破。"

"是吗?那太好啦!"

可能是暂时松了口气,桃桃扑哧一下笑了出来。

"你真以为能说服那家伙吗?时郎可真傻呀!"

"哪有啊?"我说道,"我只是个为理想而燃烧的浪漫主义者。"

"嗯!"桃桃说道,"那也相当傻!"

这时我们相视而笑。我全身各处名称不详的部位咯吱作响地疼了起来。

"你能站起来吗?"桃桃问道。

"大概……"我答道。

我借助桃桃的手试着站了起来,可是稍稍有点儿腿软,不过好在没被摔成脑震荡。

我虽然姿态相当花哨,但摔得并不严重,感觉跟喝醉酒差不多。看样子我没有愚蠢地主动迎战是明智之举。这是放弃防御的终极护身术。虽说全身有多处碰伤和擦伤,但这种程度的伤痛也没什么大不了的。

我们登上坡顶,返回定向越野路线,大家都露出担心的表情等待着我们。

"不要紧吧?"咪君问道。

"嗯,还好吧!"

"摔得够重呀!"

"倒也不至于啦!小意思嘛!"

"哦?"他说道,"佐佐君真的是个帅哥呢!"

我笑了笑,咪君果然挺逗的。

"对不起,都是为了我。"科幻迷男生说道。

"没有啦!"我说道,"都怪我傻,一定是我太想充硬汉了。最近我当英雄的愿望特别强烈。"

"真的吗?"

"嗯!这可能也是青春期的一大特征吧,就像出天花一样。"

"不管怎么说,还是得谢谢你。"他说道,"非常感谢佐佐君和南川同学!"

"地图怎么办?照着我们的再画一张吗?"

"这好办,他……"科幻迷男生说着指了指将棋迷男生,"已经全记在脑袋里了,包括标志点的动物名称。"

真不愧是将棋迷男生,他太棒了!

如果这种力量能拯救全世界的话,当然是再理想不过啦!因为这样就不会有人被流弹击中,也不会有人被倒塌的高楼埋压受伤。理智胜于拳头——这才是正确的进化形式。

## 四十三

我们决定在原地多休息一会儿,因为桃桃说最好不要马上走动。

我坐在标志点附近的草地上,背靠橡树干,轻轻地闭上眼睛,确实感到世界仍在微微晃动,也许再等一会儿才能完全恢复正常。

桃桃和咪君并排坐在稍稍离开我的树桩长凳上。

"哎,"咪君说道,"刚才佐佐君直接称呼你为'桃桃'了吧?"

到底还是被发现了,我心想。我当时急不择言,是不是太不合时宜了呢?我真有些后悔。

"是那样吗?"桃桃装起糊涂来。

"又来了,又来了!"咪君兴奋地说道,"任何人像那样被直呼其名都会有所心动,比如说像'不要碰咪君'这种。"

"是那样吗?"

"绝对是这样。后来桃桃也直接叫佐佐君为'时郎'了吧？"

桃桃一时默不作声，咪君像是改变了策略，压低嗓音提到另一件事。

"除此之外，还有桃桃跟飞男的传言呢！"

我的耳朵忽地立了起来。

"啊？"桃桃说道，她显然非常惊慌。

"有这事儿？"

"飞男长得一表人才吧？我就喜欢他这种形象，还有点儿像凯特·摩丝呢！你注意到了吗？他个子也很高，当模特都没问题吧。"

"是那么回事儿吗？……"

"那小子真够傻的呀！他要是跟各方面搞好关系的话，应该会特别受欢迎。他跟我可不一样，其实脑瓜儿肯定也特别灵光，可他怎么老干傻事儿呢？"

"哦？"桃桃说道，"你是这样想的呀！"

"嗯，我是个小小的传心术者，特别善于透过表象看本质。"

"也许吧！"桃桃说道。

"嘿嘿。"咪君不好意思地笑了。

"不过吧，"他继续说道，"他跟桃桃不搭调。当然，你俩站在一起时确实让人大饱眼福，可另一方面你俩差别又太大了，因为那小子过于单纯。当然，这也算是飞男的优点，可桃桃比他复杂得多。我觉得那小子连桃桃的一半儿都理解不了呢！你怎么会跟那种人交往呢？"

你好厉害呀，咪君！我在心中为他喝彩。你说得太棒啦！我心中的"咪股指数"顿时飙升。

"哎，传心术者，"桃桃说道，嗓音十分沉稳，"你的天线灵敏度是不是太差了呀？居然会相信那种传言？"

什么？我感到耳朵又拉长了一截，都快赶上《星际迷航》中的斯波克了。

"哦？果然是谣传？！"咪君发出惊喜的呼声，"我原以为绝对准确无误呢！"

"我最近确实常跟飞男结伴出行，可那类似商务活动，只是为了双方的利益联手而已。"

我微微睁开双眼，只见桃桃正看着这边，简直就像在对我说话。我慌忙地又闭上了眼睛。

我想忍住不让面部肌肉松弛下来，但没有成功。我欣喜若狂。他俩不是恋人关系，那些传闻大都是造谣。果然如此啊！我以前就隐约感到应该是这样，而此时心情豁然开朗，真是超级爽！

"闲话大都是那种东西嘛，"桃桃说道，"是那些闲得要命的人们的简易娱乐方式。而相信闲话的人都必须好好反省才行，因为那种谣言实在害人不浅。"

我完全明白，所以正在深刻反省呢！

"既然如此的话，"咪君说道，"那有关佐佐君跟小百合的闲话也都是谣言吧。但我总觉得那些传言具有相当的可信性。"

嗨！傻小子！我在心里骂咪君。

怎么可能有那种事呀？他怎么现在提那事儿呢？

"哦，你说那事儿呀！"桃桃说道，"那是怎么回事儿呢？这你得问他们自己，否则是搞不清楚的。"

"哎，佐佐君！"咪君朝我呼喊道，"我想问你个事儿。"

"嗯？"我装作刚刚听到的样子，晃眼似的眯着睁开的眼睛问道，"啥事儿？"

"佐佐君真的在跟小百合交往吗？"

"啊？怎么突然问这个？"

"你看，到处都在传嘛！大家还问那些都是真的吗？"

"不是啦！"我瞟了一眼桃桃说道。她正盯着我看呢！

"她妈妈在我妈工作的食堂里当服务员，因为员工子女用餐免费嘛，所以我们就都在那里吃晚饭。然后，回家时我顺便送她到半路就分开了。可能有人看到，就随意散布奇谈怪论。"

"哦？"咪君说道，"就这些吗？"

"当然，"我答道，"就这些。"

"那……好多人都说你们在旋转木马上如何如何,那也是没影儿的事吧?"

"这还用说吗?我跟她连手都没牵过呀!"

我在此处特意强调,因为这是向桃桃证明自己清白的难得的机会。

"那些人简直太过分啦!我只是想鼓励一下被大家孤立的菊池同学,可他们居然那样胡言乱语地嘲讽我。"

"原来是这样啊!"咪君说道,"我也有点儿信以为真了,必须反省呀……"

咪君真的以实际行动在自我反省,他接过地图和罗盘,代替尚未完全恢复的我,几乎独自找出了剩余的全部标志点。

咪君热心地在前边寻找标志点,我和桃桃并排跟在他身后。我们之间那种针尖对麦芒的气氛已经完全消失。虽然由于咪君在场而不能多说什么,但就这样也已经充分做到冰释前嫌了。

眼看快到终点了,这时桃桃在我耳边轻轻说道:"谢谢你,时郎!"

然后,她又悄悄地握住我的手说:"我非常高兴!"

我的心简直快要融化了。如此简单的话语就能让我感到无比幸福,桃桃果然太厉害了!

"啊!"咪君突然喊道,"找到了!最后的标志点。那是什么呀?哦,是鲸……鲸?鲸是动物吗?"

我们相视而笑。咪君真是个快乐男孩。

## 四十四

今天是越野活动的换休日（也就是说，昨天是星期天）。

我一整天都在整理采访记录，业务重开了。

或许有人觉得我这家伙还挺勤谨，确实如此，连我自己也无法否认。直到昨天，我连回忆以前与桃桃的对话都会感到痛苦，而现在我已经告别了那些苦恼的日日夜夜。我在心里画出根号形曲线并跳到了最顶端，从早上起来后就一直在哼歌，歌名当然是《希娜是个朋克摇滚歌手》。

仔细想来，其实这并非由于某些事情取得了进展。但即便如此，桃桃的手在我指间留下的余温仍使我情绪高涨。

最重要的是，对于桃桃来说，飞男只是个商务合作伙伴。那些纯粹是流言，他俩根本不是什么恋人关系，既没接过吻，也没裸体拥抱过。

我的初恋之心在行将崩溃时得以满血复活，就像钻过敌人的枪林弹雨终于登陆诺曼底奥马哈海滩的盟军新兵，目标已经清晰可见，现在只需鼓足士气勇往直前。

如果相信咪君说的话，那就应该是我占有赢得爱情的优势。因为据他所说，飞男甚至连桃桃的一半心思都没能理解。

在这幅关系图上画出的箭头会以怎样的宽度指向哪方呢？在目前进展态势尚未明朗的情况下，我对任何细微琐碎的信息都不能掉以轻心。甚至连性别模糊的"传心术者"那不靠谱的"神谕"，对我来说都是十分宝贵的忠告。

## 四十五

我被电话铃声叫醒,刚才好像在不觉之间昏然入睡了。看看窗外,只见天色已完全幽暗下来。

我睡眼惺忪地站起身来,朝放在鞋柜上的电话机走去。是母亲打来的吗?

"喂……"

"时郎?"电话那头在呼唤。

"桃桃?"

"嗯!"

"怎么啦?你很少打电话。"

"我想能不能跟你见个面。你忙吗?现在有事儿吗?"

"倒也没事儿。我想过会儿去食堂吃晚饭呢!没关系,我现在就去你那里。继续采访?"

"嗯,是啊!"桃桃答道,"也许可以。"

"桃桃,你好像……"我说道,"哭了?"

"啊?"她答道,"我没哭呀!"

"可是,你好像鼻音很重。"

"那是因为电话吧。"

"是吗?"

"是啊!"

"嗯!"我说道,"那好,我现在就过去。"

"谢谢!我等你。"

发生了什么事?桃桃哭了?!那么要强的桃桃!

我罩上夹克衫赶紧走出房间,急匆匆地跑下楼梯,顺手把小背包挎在肩上。

我一步跳过最后三个台阶,后脑勺霎时传来一阵钝痛。坏蛋!我在心里痛骂 JG 那个家伙。

我拉出放在楼梯后面的自行车,推着走到公寓前,手掌感到车把特别凉。然后,我跨上车座就猛踩脚蹬。

当我开始加速时,忽然觉得似乎看见电线杆后面藏着个人,慌忙回头望去。

什么都没看见。难道是错觉?我不由得脊背发冷。

其实,从上次食堂门前出现讨债者那天,我就自然而然地有所留意了。

我总是感到被人监视。此前我曾想强迫自己相信这只是严重的恐惧带来的、对子虚乌有的视线产生的心理活动。可是,刚才那个人影已具有相当的真实感。

那真的是错觉吗?还是传说中常在黄昏时分出现的

"那个"?

要去湖边的话,走横穿市区的国道最快。我为了抹除心中不安情绪的旋涡,化身为"单车小霸王",拼命地蹬车,这样冲刺用不了十分钟应该就能赶到。吹在脸颊上的晚风冷冰冰的,碧空如洗,清澈得令人惊异,初升的星辰鲜明地浮现在峰峦之上。冬季已经来临,我心想。

我从国道转入稍窄的市道,前行片刻就看见了伸向湖边的林道入口,孑然兀立的路灯模糊地映照着车辙尚存的初冬的草径。别墅就快到了。

进入林道之后,周围骤然变得更加昏暗,这里已经入夜。

我没减速,继续在薄暮中疾行,在快到湖边时忽闻有人喊我。

"时郎!"

我立刻刹车,车闸发出尖叫声,后轮虽有些打滑,但终于停住了。

"桃桃?"

我把自行车靠在近旁的树干上,随即跑向她身边。

"你怎么不在家里等?"

桃桃穿着高领毛衣,还罩着仿小牛皮的夹克服。

"我跟我爸吵架了。"桃桃说道。

哦,原来她是为这个哭呀!我心想。

"我现在不想待在家里。"她说道,"你带我去哪里吧。"

"行啊!"我答道。

我胸中热浪翻滚,非常高兴她能这样信任我。

"咱们去哪儿?"

"哪里都行。过会儿我爸会外出,等他走后我再回来。"

"嗯,明白了!"

## 四十六

我让桃桃坐在车后架上,然后原路返回。

桃桃把我的背包挎在她的肩膀上,相当大胆地从后边搂住我。这样不是充分达到"抱在一起"的程度了吗?我的背部模模糊糊地感到桃桃身体的弹力和起伏,实在无法做到气定神闲。

究竟是因为她跟她爸吵架了呢,还是因为这个黄昏呢?看上去桃桃似乎与往常大不相同,说话时鼻音非常重,而且两眼依然泪汪汪的样子。

我们都沉默不语。我的耳边感到了桃桃呼出的温热气息。

离开林道后,我们没朝市区而是向山边驶去。舒缓的丘陵地带绵延不断,星星点点的民宅灯火在前方闪现,随即向身后掠去。这是一条萧索寂寥的乡村道路。

"你要去哪儿?"过了片刻,桃桃问道。

"世界的尽头。"我答道。

"嗯！"桃桃说道，"那好呀！"

如果真能那样该有多好，我心想。只有我和桃桃两个人，远远离开一切悲伤，永远地……

坡道越来越陡，我改换了低档。

"加油！"桃桃说道，"世界的尽头就快到了。"

最后我站立起来蹬车，拼命挣扎着向坡上冲去。

登上坡顶，前方是舒缓的下坡路。眼前出现了市区的灯光，宛如小巧的宝石。

"好漂亮啊！"桃桃说道。

"嗯！"我回答道，"世界在那边，我们在这边。这样一看，世界真渺小呀！"

"是呀！"桃桃说道。

"在那么渺小的世界里激烈争夺更小的馅饼——这就是我们做的事情。"

"也许是吧。"

"本来共同分享可以让大家都生活得幸福嘛！"

"你看啊，"我说道，"就像某个地方的某个人所说，这是因为人类的本性就是弱肉强食。强者占有一切，这不就是所谓资本主义吗？"

"真厉害呀，资本主义！"桃桃说道，"所以，我家的衣橱才会有那么大，而且满满地装着只试穿过一次的衣服和鞋子。我们乘坐头等舱去地中海的离岛，就算喝了一万加仑的迈泰鸡尾酒，个人钱财也一点儿都不会减少。这种事情太不正常了吧。"

"嗯？"我说道，"你对自己家的事是这样看的呀！"

"差不多吧！"桃桃说道，"我好歹也是有思想的嘛！"

"难不成，这就是你跟你爸吵架的原因？"

"倒也有这方面……"桃桃答道。

但是，她说到这里却有点儿支支吾吾。

"嗯？"

"我爸不知从哪儿听到飞男跟我的闲话啦……"

"哦，"我说道，"飞男呀……"

"我爸问我是不是在跟他交往，我回答说没有，只不过是普通朋友而已。"

"嗯。"

"于是，我爸说我应该跟那类人保持距离。我问'那类人'是什么意思，我爸就把飞男的父亲说得像罪犯似的，然后我就……"

"是这样啊！"

我想起了桃桃父亲那富有亲和力的面容，看上去根本不像会说出那种过分的话语的人。那亲和力究竟是什么呢？人为什么要互相憎恨呢？

"不过呢，"桃桃继续说道，"当时我在想，说不定现在就是机会呢！"

"机会?"

"就是把以前想说却不能说的话都说出来的机会。虽然有朝一日还是得说出来,可我总是缺少勇气,无论如何也说不出口。"

"嗯。"

"像现在这种时候也许就能说出口,就像现在这样对我爸满怀怨恨的时候……"

"嗯。"

"我爸特别惊讶。"

"你还是说啦?"

"嗯,等我回过神儿来,发现自己口若悬河、滔滔不绝,再也无法回头了。因为说出的话就像泼出的水嘛!一旦开了口就必须全部说完才行。"

"你终于鼓起勇气了。"

"是啊!因为遇到了很多事……"

"嗯。"

"上次时郎帮我时也是这样嘛!"桃桃说道,"你的话语和行动噌地射中了我的心。我高兴极了!简直快要哭出来了!"

原来是这样啊!可我却一点儿都不知道。

我激动万分,一时连话都说不出来了。我才快要哭出来了呢!不妙,眼中的路灯变得模糊了!

这时我慌忙转换了话题。

"那你现在如何？"我问道，"什么心情？有没有后悔？"

"后悔倒是没有，"桃桃说道，"但我很害怕呀！一想到今后会怎样就害怕极了！"

"不管发生什么事情，"我说道，"我都会站在桃桃这一边，无论怎样都会随时赶到你身边。"

"就像今晚这样吗？"桃桃问道。

"是的，就像今晚这样！"

桃桃砰地敲了我的脑袋一下，当然避开了上次碰的那个肿包。

"时郎，你好狡猾哟！"她说道，"你就是想让我哭，对吧？"

"我露馅儿啦？"我说道，"不知怎么回事儿，反正我就是想看看你这个样子。"

"我真没想到，时郎其实是个虐待狂呢！"

"也许吧。"

"不过，你现在要是看我，我就老拳伺候。"桃桃威胁道，"所以……"

她说到这里忽然一时语塞，发出了无声的叹息，咕噜地咽了口唾沫，好不容易才挤出沙哑的声音。

"你不要回头……"

桃桃的声音在颤抖。

她哭了。她紧紧地依偎在我的脊背上,就像要吐出郁积在心中的灼热块垒似的,微微地颤抖着纤细的身体。

夜风萧萧迎面吹过,一颗流星划过苍穹,坠入幽暗后融化消失了。

我莫名地感到此时仿佛真的置身于世界尽头了。这里只有我们两人,没有必要去顾忌别人的目光而刻意伪装,保持自然天成就好。

眼泪宛如真心,我心想。真实的桃桃就在这里。

我从心底想呵护她,这种心情也肯定是喜欢某个人的一部分吧。因为这跟恋爱极为相近。

"桃桃……"我说道。

"嗯。"

"我可是真心的!我是真心地想要支持桃桃呀!"

她什么话都没说。

"在比任何人都靠近你的位置,为你做我力所能及的事情。"

"不可以的!"桃桃说道,她的鼻音特别重,简直就像另一个人,"我不想把时郎也卷进来……"

"我已经被卷进去了,因为在这座城市里,没有人可以脱离那家工厂生存下去。"

"为什么呢?"桃桃问道,"你为什么认为这是工厂的事情?"

"因为我好歹也有思想嘛！稍微思考一下就会明白。"

"不过……"

"嗯？"

"不过还是不行！算了吧！我这样做纯属自作自受，完全是只考虑自己而招来的惩罚。可是，时郎跟我不一样。"

"不一样？哪里不一样呀？"

"时郎一直在拼命努力，不是吗？你跟母亲一起吃苦受累，好不容易才找到这个藏身之所，我不想把这样的时郎卷进来。你们如果跟厂方彻底闹僵的话，就不能在这里继续待下去了。"

"那你不也一样吗？你也不可能完全脱掉干系吧？即使闹到那种地步，你也不在乎吗？"

"那就没办法啦！"桃桃说道，"我已经做好了心理准备。而且不管哪种情况，反正都结束了……"

我心头一惊，桃桃在说什么呀？

"怎么回事儿？"我问道，"什么结束了？"

"我爸他……"桃桃答道。她鼻子里吭了一声，然后又轻轻咳嗽了一下。

"嗯。"

"我爸他从很早以前就在跟某个女演员交往。有一次我曾在半夜听到他们通话。难以置信吧？他明明是因为喜欢妈妈才和妈妈走到一起的，怎么会做出那种事情呢？……"

我停下自行车慢慢地回过头去，看到桃桃的眼睫毛上沾着泪滴，宛如小小珍珠般点缀着星眸。

我没遭到桃桃的老拳伺候，但心底某处却哐当作响。

那大概是复古式狮头门环般的物件，而桃桃现在正将它叩响。说不清什么原因，我感到这种音韵特别令人怀念。

我心想：无论发生什么事情，我都会呵护桃桃……

桃桃慢慢地眨了眨眼睛，然后低头用手背抹去腮边的泪水。

我长长地呼出一口气，极力平复汹涌澎湃的心潮，用舌尖湿润干燥的嘴唇。

"于是，"我问道，"你就说出了那件事情吗？"

桃桃点了点头说："不只是那件事，所有的事情，全部……"

"就是再也无法回头的事情？"

"是的。我大概要离开这座城市了。"

"什么时候？"

"不清楚，"她摇摇头答道，"不过，我觉得不会过太久。我从很早以前就开始考虑了。而且要跟时郎告别啦！我们好不容易才成了朋友……"

桃桃静静地抬起脸来，望着我哀伤地笑了。

在远处路灯的映照下，她的脸庞宛若月夜中的天使般洁白如玉。

我转向前方，慢慢地踏动脚蹬，自行车无声地向前滑行。

"还不一定呢！"我说道，"到底会不会真的分别……"

"为什么？"桃桃问道，"你为什么会那样想？"

"因为我也要离开这座城市了。"

桃桃似乎非常惊诧，瞬间屏气吞声。

"讨债者曾经去过我妈工作的食堂。恐怕我家也遭到监视了。"

"那……"

"我跟桃桃一样啊！不管是你还是我，都要结束了。"

"所以呢，"我刻意装出轻松愉快的样子说道，"最后要发射一颗大大的礼花弹，然后一起远走高飞吧！就像邦妮和克莱德那样。"

"你是真心的？"

"真心，真心！这应该是桃桃传记的大结局。我既然要得到雇主的酬金，那就坚决不能让你离开我的视野。"

桃桃噤口不言，她还在犹豫。

不过，我们肯定直到最后都会在一起，因为从我们相遇的那一刻起就已命里注定。若非如此，怎么可能这般相互眷恋？

"只要有足够的智慧，"我说道，"我们甚至能够改变世界！"

"这又是谁说的话？"

"是啊，谁说的话呢？不过，我觉得那肯定是至理名言。笔胜于枪嘛！虽说笔杆子的物理攻击力近于零，却相应地更加适于运筹帷幄。我就是个相当爱耍小聪明的家伙。虽说计划尚未成熟，但我觉得相当靠谱，说不定桃桃会对我刮目相看呢！"

桃桃笑了。

"我从第一次见到时郎时起就觉得你是个厉害的角色。我想，这小子也许是个无所畏惧的天才。"

"哦？"我说道，"是这样啊！"

"如果不是这样，我也不会向你搭话。"

"我可从没受到邀请去'庄园'呀！"

"是啊……"桃桃说道，"我不想因为那样而让时郎厌恶。"

桃桃又说出如此高情商的话语！桃桃，你太可爱了！我日渐强烈的思慕之情似乎即将有所收获。

"啊，你瞧！"我指着前方的山丘说道，"那就是传言中所说的游乐园废址。"

"就是那里吗？"桃桃说道，"我还是头一次这样看到它，这情景好荒凉呀！"

"都到这个时间了，况且什么灯光照明都没有。"

在暮色苍茫的天幕下，沉入深眠的游乐园恍若梦中幻景。所有的一切都变得模糊不清，荒寂得令人心生悲凉。

"哪怕只有一次也好,"桃桃自言自语似的说道,"真想在这样的游乐园里跟时郎约会呢……"

"嗯,"我点点头说道,"是啊!我也这样想。"

## 四十七

我返回公寓时天已入夜，母亲就要从食堂回来了，我得赶紧烧好洗澡水。

我从自行车上下来，然后把车推到楼梯的下面。

我感到自己仿佛在腾云驾雾，高兴得飘飘欲仙，脑袋里装满了桃桃的事情，当然也完全忘了先前出来时看到人影那回事。

因此，在真有人突然从围墙的阴影里冲出来时，我吓得差点儿瘫倒在地，禁不住喊出声来，这时却被一只大手捂住了嘴。

我要被杀死了，我心想。死因就是窒息！因为那只手连我的鼻孔都捂得严严实实。

我用自己的整个身体宣诉痛苦。阀门被封！阀门被封！

"别喊啦！"有人说道。他把音量压得很低。

我顺从地点点头，而且特意多点了两三下。因为现在就死掉实在为时过早！

那只手松开了。与此同时，我拔腿就跑。可我脚下吃了一记扫堂腿，狠狠地摔倒在地。

我连滚带爬地还想逃跑，这时头顶响起语调诧异的说话声。

"你害怕什么呀？"

嗯？这嗓音……

我扭头仰望，只见飞男站在我身后。

"怎么是你啊？"我说道，"别吓唬我呀！"

"是你自己吓唬自己。"

"你的出场方式太突然了。"

"你想让我先预约好了再来吗？"

"差不多吧！"

我借助飞男的手站起身来。

"说吧！"我问道，"什么事儿？"

"喊！"飞男咋了下舌，"你还挺横的，是想激怒我吗？"

"我根本就……"我答道，"没横呀！"

紧接着，我的衣襟被飞男猛地抓住了。

干什么呀？不是说"专守防卫"吗？虽然我在心里这样叫屈，可飞男却好像真的怒不可遏。

"你为什么要妨碍我？"

"妨碍？我妨碍你什么啦？"

"那个……"飞男说话吞吞吐吐，放开我后退了一步，

"就是那个嘛!"

"那个是什么?"

"我说是那个就是那个嘛!恋爱关系……"

飞男说到最后声音小得几乎听不见了。

"恋爱关系?"

啊!我在心里发出惊呼。会不会刚才全都被他看见了?

难道飞男这小子一直在跟踪我吗?所以他才会看到我和桃桃亲密接触而怒火中烧?若真如此,那他可是太不走运了,可怜的单相思!

不过,他最好放弃这种无用的挣扎,因为桃桃曾对我说过飞男只是她的普通朋友。

"那个……"我说道,"这种事儿说到底是感情问题,对吧?根本不是什么妨碍不妨碍的问题。应该是双方的感情自然而然地发展,水到渠成、瓜熟蒂落……"

"你少来啦!"飞男怒吼道,"就是因为你突然横插一杠子,所以才发展成这个样子了。"

"横插一杠子?那是因为对方主动找我搭话……"

"找你搭话?"

"还说要付我酬金,叫我帮她写传记呢!"

"传记?怎么回事儿?"

"怎么回事儿……"

"菊池小百合跟你说这话了吗?"

"菊池小百合……"

我思索了一秒钟,所有的猜测遽然回归正确位置。哦,原来是这么回事儿!

"原来如此呀!"我说道,"飞男是为了菊池啊……"

"什么'原来如此'啊?"

"不,不!"

我禁不住笑了出来,此前的猜测完全错误。飞男是因为这个才敢视我的呀!我恍然大悟。

这就是说,我们两人都被流言蜚语给忽悠了。简直是傻得不可救药!

"有什么好笑的?"飞男厉声说道。

可我一点儿都不害怕。为什么?!因为我们就像傻瓜两兄弟嘛!而且连名字的日语发音都只差一个音。

"可是,这也错得太离谱了。"我说道,"我跟菊池根本没什么特殊关系,只是她母亲和我母亲都在同一家食堂上班而已。"

"真是这样吗?"飞男用莫名其妙的、沮丧的语调说道。

"那是理所当然的啦!要不你去问问菊池吧。"

"可是,"飞男说道,"我去她家却没有人呀!空巢一座。"

"趁夜出逃?"这个说法不由自主地脱口而出。如此说来,我从前天开始就没看到她了。

"我不知道。反正她家已经全都空了。"

"于是你就来我家啦？"

"就是这么回事儿，"飞男答道，"我只能想到你。"

"那我也不知道呀！这两天我们连一次面都没见过。"

"她是不是已经回国了呢？……"

"不可能这么快呀！而且路费也相当贵。"

"该死的！"飞男突然甩出这么个词，"怎么会在这种时候啊？"

"这么说来，"我说道，"飞男，你爸怎么样啦？"

"还能怎么样，那个傻老头昨天还大闹了一场呢！我家过不了多久恐怕也得趁夜出逃。背了一屁股的债，房东还成天撵我们走。"

"哎，好悲惨！"

"所以嘛，我想至少要在离开这座城市之前见到小百合说一说嘛！就是那个……真心话！"

哇，刚才飞男称菊池为"小百合"了呢！这症状相当严重啊！

"飞男，你真了不起呀！"我说道。

"你什么意思？"

"可是，表白需要很大的勇气，不是吗？"

"哼，那倒也是啊！人一旦被逼上绝路，就会有超强的傻劲儿奔涌而出，对吧？我觉得我现在就能说出来。"

"明白了。"我说道，"菊池那边我帮你想想办法吧！"

"真的吗?"

"嗯!我回去问问我妈,应该能打听到她在哪里,然后帮你适当安排表白的机会。"

"怎么回事儿呀?这太突然了吧?"飞男说道,"你这么上心,我感觉瘆得慌。"

"我觉得自己现在就是那种状态。这正是超强的傻劲儿,这种劲头已经充满了我的全身。"

"你也被逼上绝路了吗?"

"我已经走投无路,就在悬崖边上,几乎破罐子破摔了。不过,正因为如此,我也看清了某些真相。说不定……也许真是说不定的事儿。"

这时我吃吃窃笑起来,怎么都难以抑制快乐的心情。

"你是不是喝醉啦?"

"嗯,差不多吧!因为我被下了特殊的媚药。这项计划需要一些帮手,飞男已在我的考虑当中。拜托你了!"

"什么情况?"

"这个吧……"

我随即把自己跟桃桃两人商讨的计划向飞男做了说明,具体细节过后继续充实完善,但主线已基本确定,其中也有飞男精彩亮相的场面,他一定会心满意足的。

## 四十八

"原来是这样啊!"飞男听完我的陈述后说道,"确实不错!我先前考虑的纲要有些简单,不过你的策划可能效果更好。"

"对吧?"

"你真是个危险的家伙呀!"飞男说道,"哦,我这是夸奖的话,就像英语中形容词的最高级。"

"我知道。"

"你知道?"

"不,没事儿。"

"另外吧,"我转换了话题,"你刚才来我家时是几点?傍晚那会儿是不是已经来过一次?"

"没有呀!"飞男答道,"我到这里跟你回来几乎是前后脚。不过,你为什么这样问?"

于是,我把上次出现讨债者以及今天傍晚出门时看见人影的情况向他说明了一下。

"还会有这种事儿啊!"飞男说道,"你这确实是被逼到悬崖边儿上了。不过,为什么咱们几个会同时陷入这种境地呢?"

"肯定是因为咱们都过于单纯了吧。咱们真诚直率,所以成了精于算计的那帮人的猎物。"

"确实如此,"飞男说道,"不过,咱们可不能坐以待毙,也得让他们知道咱们足智多谋才行。"

"就是这么回事儿!"

这时,飞男像是想起什么事情一样"啊"地喊了一声。

"这么说来,我刚才来这里时看到有人朝车站方向去啦!"

我的小心脏猛然跳动了一下。

"你骗我?"

"我没骗你呀!我当时以为是你,还想喊一声呢!"

"然后呢?"

"哦,我仔细一看那人穿着西装,觉得不会是你,就没喊。"飞男答道,"难不成,那就是你说的讨债者?"

"我不敢肯定。"我答道,"可这事儿确实让人瘆得慌呀!"

"这就叫'风云突变频告急',是吧?"

"那是什么玩意儿?"

飞男冷笑一声说:"就是故事高潮即将到来的意思。"

## 四十九

我很快便把菊池小百合的情况搞清楚了。

我回家问了母亲,据她说菊池母女俩已去食堂的别栋避难了,这是阿尔大叔看到厂里闹事后做出的判断。

在这种状况下,指不定何时会发生什么。谁是敌方谁是友方很难判断,甚至可能会发生恩将仇报的事情。因此躲藏起来应该是最佳选择吧。

小百合已经不愿意再去学校了,大概是因为学校里有 JG 和 R2 吧。那些家伙在暗地里"拉丝结网",这是显而易见的事情。

可以说学校就像 JG 的蜘蛛巢(或者称为"蚂蚁地狱"),即使逞强纵身跃入其中,也绝不会得到任何好处,只能是自讨苦吃。哪怕请假一周也算不了什么,因为人生还很漫长。

第二天傍晚,我在"VIP 室"里吃饭时,不动声色地向小百合讲述了飞男的事情。

"昨晚飞男那小子去我家啦!"

小百合猛地抬起头来,反应相当立竿见影。

"加山君吗?"

"是的。他好像特别担心,就去你家看了看,可是你家里没人。他觉得我可能多少知道点儿你的情况,就到我家来了。"

小百合的脸颊泛起了红晕。

哟,真是那么回事儿!她这样的反应完全出乎我的预料。

我是不是相当自作多情啊?此前一直深信她对我心怀好感,所以还曾自作聪明地为她心痛内疚。

"告诉你吧,"我说道,"那小子说有话要对你讲。你看,他家也遇到大麻烦了,今后会发生什么状况实在难以预料啊!"

"真的吗?"小百合担心地问道。

"详细情况我不清楚,但飞男的父亲已被厂方解雇,而且还被当成了发起骚动的主谋。"

"加山君,好可怜……"

她是真心在为飞男担忧。

如此看来,说不定还真是说不定呢!

说到底还是有缘相逢才是最关键的吗?当她的自行车被吊在树上,她孤立无助时,只有飞男挺身而出。是不是从那时起两人就被无形的红线连在一起了？若真如此，飞男才是她的王子吧。虽然这跟《人鱼公主》中的相遇方式完全相反，但大结局却极有可能出现反转。

"你想见飞男吗？"我果断地问道。

小百合默默地点了点头，双眸灵动生辉。毫无疑问，这是迄今为止小百合最可爱的样子。

都在情理之中，我心想，因为她在恋爱嘛！

## 五十

"X日"——正如此前桃桃所策划的——就是12月24日。这天是平安夜,也是期末典礼日。

我马力全开地奋笔疾书桃桃的演讲稿。

除此之外还有很多准备需要做——与该计划的相关人员取得联系并确定详细行动步骤,筹措必要的器材并掌握使用方法。因为这与拍摄纪实影片的过程近似,所以必须排除万难编写与此相应的脚本。

好在我此时脑瓜儿灵光频闪,脑神经组织似乎一边发出嗡嗡的低鸣声一边高速运转,生花妙语酣畅淋漓地奔涌而出,十指轻飞曼舞,有如神助。

校园里出奇地安静,使我感到不可思议,上次桃桃和我全面对抗JG的事情大家可能都已知晓,但任何人都对此不予置评,实在匪夷所思。难道这就是风暴来临前的静默吗?

桃桃和她父亲也是这样。她父亲从那天起一直在欧洲

（据说是有重要的收购谈判），因此两人再没见过面。天下如此太平实在难得。

讨债者的身影最近也已遁形远去，就连工厂都像屏住呼吸般悄无声息。

这种状态犹似犒赏即将奔赴战场的士兵的最后一次休假，就像电影《向日葵》中的马塞洛·马斯楚安尼那样。

因此，我们也决定尽情地享受最后一次假期。

## 五十一

周末，我和桃桃、飞男、小百合四人在游乐园废址进行了双重约会。

当然，这其实是我的策划——为了让飞男和小百合亲密接触。而且，我如果想跟桃桃亲密接触也完全没有问题。或不如说，这才是隐含在双重约会中的真正目的。我们要装出被当作幌子利用的样子，而自己却巧妙地渐入佳境——这就是我的策略。

关于他俩的心思我都已经转达给桃桃了，而我的心思只告诉了飞男一个人。这种做法能被称为"同谋"吗？

"我早就隐约地感到可能会是这样。"飞男说道。

"不会吧？"我说道，"你怎么知道的？"

"你俩挺搭的，而且以前桃桃提到你的时候也曾说过什么。"

"啊？她说什么啦？"

"她说什么来着？我忘了。"

"你什么意思？"

你就不能学着讨喜点儿吗？我可是特意助你一臂之力呀！

"不管怎样，"飞男说道，"你这个设计感觉确实不错！咱们要满怀信心地争取成功。"

我于下午三点钟到达游乐园废址。先是乘公交车到附近下车，然后步行十五分钟左右。时间安排得这么晚也是有所考虑的，其实就是想搞点儿小战术。如果天气能成为我的友军，就有把握圆满成功。

理所当然，游乐园废址里空无一人，寂静得令我心生恐惧，确有"将士忠骨埋沙场，霸业梦成空"的感觉。那块已开始腐朽的招牌更增添了几分悲凉。

"绿丘公园……"

桃桃读出那几个已经褪色了的模糊的字迹。今天的她穿着黑色牛仔裤和小豆棕色骑行夹克衫，与她修长的体形十分搭配。

"这就是游乐园的名称？"

"是呀！"飞男答道，"在我小的时候，这里游客还相当多呢！后来游乐园被废弃，总部的开发公司也倒闭了，从那时起就一直是这样。"

"太悲哀了！"

"怎么会把游乐园建在这样偏僻的地方呢？哦，也许是因为可以免除土地使用费吧。"

白色的售票小屋已经被常春藤完全包裹起来。

"这里果真是绿丘啊……"飞男嘟囔了一句。

我们钻过形同虚设的栅栏，进入园内。

园内到处杂草丛生，其中芒草穗格外显眼，连电线杆和铁架上也缠绕着常春藤和葛藤。

"感觉好瘆人哪！"小百合说道。她穿着茄紫色连衣裙，上面罩着羊毛短大衣。

"倒也不至于。"飞男说道，"我们本地的孩子都把这里当成游戏场所，再没有比这里更好玩儿的地方啦！"

"那不会挨骂吗？"桃桃问道。

"我们不会捅出太大的篓子被大人知道。这方面我们很注意。"

进园后首先看到的是熊猫车，投入硬币后它就会用四条腿慢慢爬行（其实是车轮驱动）。熊猫已完全褪色，就像脱了毛的灰熊。还有的熊猫连眼珠都已脱落。

"哇！"桃桃说道。

"好令人怀念呀！这个我知道，"她立刻跨了上去，"以前我跟润哥一起玩儿过呢！"

我也跨上她旁边的熊猫车,确实特别令人怀念。

啊!我还记得这种感触,幼年时代的温馨记忆仿佛就在昨天。那个时候多么幸福快乐啊!父母和孩子总在一起……

当我深切地沉浸在怀旧之情中时,桃桃悄悄地对我说:"哎,看样子飞男和小百合俩人蛮有感觉。"

我朝桃桃手指的方向望去,只见他俩已向前走了相当一段距离,正在专心致志地娓娓欢谈,好像已把我们完全忘掉了。

"哎呀,看样子根本用不着咱们了。"

"好像是,说不定他俩从前世起就是一对情侣呢!"

果真是那种感觉,仔细打量他们两人,感觉确实十分般配。

温顺而诚恳的小百合,粗鲁而放浪的飞男,这简直是不可能出现的组合。但恋爱就是这样,完全不讲道理。尽管如此,第六感依然能提供担保——此人正是自己命中注定的伴侣!

"啊!飞男握住小百合的手啦!"

"小百合也没拒绝。"

"真行呀,那小子!"

这时,我不由自主地与桃桃对视。这么近!当我发现自己在不知不觉中向桃桃靠近了许多时,我赶紧向后撤。

"咱们也过去吧。"我说道。

"是啊!"

怎么搞的!我的定力修炼差太远啦!

## 五十二

我们四人再次会合。

在已成废墟的游乐园里,我们四人爽朗地嬉戏欢闹、开怀大笑。

十二月的寒天时分,我们呼出的气息仿若浅淡的羽毛。我们驱动旋转木马朝射击游戏的靶牌上投石,经过几代孩童们的击打后,那些靶牌上的黑帮和海盗等的头像早已千疮百孔。

我们在迷宫大棚里开始玩追逐游戏,棚顶和外墙开了好几个大洞,柔和的冬日阳光无声地倾注进来。

我疾步追赶映在镜中的桃桃,却不知何故抓住了小百合的手。

我说了声"不好意思",赶紧松手,然后差点儿跟突然出现的飞男亲了嘴。好险,好险!我要是把初吻给了这小子,这辈子都会梦魇不断。

"小百合呢?"飞男问道。

我伸手一指说"在那边",却见小百合早已跑掉。

飞男继续向前追去,我朝着他的背影自言自语地说"加油"。

当我终于追上桃桃时,已经过了很长时间。

我把她赶进死胡同,伸展双臂挡住两侧空当,然后向她逼近。

桃桃在笑,气喘吁吁的,黑黑的瞳眸在闪闪发光。

映在镜中的桃桃也在笑,好几个她在多面镜中向我招手,仿佛在说"我才是真的桃桃!"。

不过,我不会看错。

"抓住啦!"

我说着握住了她的手。她的手指很凉。

"太慢啦!"桃桃说道,"我都等累了。"

"是啊!"我说道,"让你久等了,抱歉!"

游乐园的中央有座游戏厅,在这个狭长的空间里可以玩投币游戏。这里面摆着玻璃板已经破裂的弹珠机、棒球场形状的弹珠机,还有抓娃娃机和苏打水自动贩卖机,都脏兮兮地蒙上了灰尘。

飞男在一台弹珠机前就位,并做出打游戏的动作。那台游戏机上涂着美式足球的图案,是一种特别复古的风格。

操纵击球棒弹出钢球,然后轻轻叩动升降舵按钮。

握住、调整，腰部顶在机体上，把钢珠轻轻送进选中的球道里。

他那动作简直就像真的在玩游戏——轻快的音效，闪烁的灯光，嗡嗡地传导到腹部的缓冲器的钝音……

整个游戏厅在不知不觉之中焕发了生气，重现了昔日的色彩。

从廉价音箱中传出劈裂般的背景音乐声，似乎从哪里飘来了美味糖果的甜香，还有孩子们的欢声笑语，远处传来过山车发出的钢铁的轰鸣声。

我想，此情此景或许真的是在梦中呢！存续在记忆中的孩提时代那永远的憧憬……

我们离开了游戏中心，坐在代替长凳的咖啡杯里，喝了桃桃用保温瓶带来的可可饮料。

我们两男两女自然而然地分别坐进了咖啡杯。

如此说来，此前曾有谣言诬蔑我跟小百合，说我俩在这咖啡杯中裸体拥抱。实在是难以置信啊！现在我们四人居然全都坐在这里了！

"再过一会儿，"飞男压低嗓音对我说道，"我就跟小百合返回市里。"

"啊？可现在才渐入佳境呀！"

"那当然啦!就是因为这个,不是吗?"

"真的吗?"

"你小子有时也真是无可救药。"

"嗯?"

"唉,算了。"他继续说道,"你看,小百合是南方人吧?天儿这么冷她受不了,快到极限啦!"

"哎呀,你这么体贴人!"

"那还用说?"

"哇,你太有派头啦!"

"我想带她去车站前的电影院。"飞男说道,"听她说,那里现在挂着重映《情定日落桥》的海报,小百合好像很想去看。你知道那部电影吗?"

"嗯,我看过。戴安·莲恩特别可爱,而且影片的结尾浪漫极了,我想应该跟咱们今天约会的高潮场面差不多呢!"

"你什么意思啊?"

"别问了,到时候一看你就知道啦!"


飞男喝完可可饮料,说了声"好,走吧"便站起身来,脚步轻快地跑了出去。

他搂住附近过山车的支架,像蜘蛛侠似的开始攀爬。虽然支架不算太高,但也有三米左右。

我一直处于高度兴奋的状态,此时也不甘落后地跳出咖啡杯，跟在飞男身后攀爬支架。我感觉自己身轻如燕，甚至能在空中飞翔。

站在生锈的轨道上，能一眼望到市区很远的地方。冷风扬起了我的头发。

"我还要往高处爬！"飞男说道，"你跟得上吗？"

"轻而易举啦！"我答道。

当我们开始攀爬轨道侧面用于维修的通道时，听到桃桃在下边呼喊。

"太危险了，快下来！你俩犯什么傻呀？"

"没事儿！"我也向她喊道，"感觉太爽啦！"

这是过山车轨道最后的坡顶，其实并不高，也就是两层楼的样子。

我迎风眯着眼睛眺望西边的天空。太阳快要落山了，已经开始泛出淡红色，不久很有可能会呈现绚丽的晚霞。

"咱们要争取圆满成功。"飞男说道。

"嗯！是呀！一定会顺利，所有的一切。"

"咱们能成为传说吗？"飞男问道。

"也许吧。"我答道，"至少应该能写在传记里，成为人们永远喜爱的故事的一部分。"

"倒也没什么惊天动地的事儿。"飞男笑嘻嘻地说道。

"这个样子已经够不错了吧。"

"嗯！"

## 五十三

我们跟飞男他们分别之后,就朝园内最高处走去。

桃桃这时仍未消气。

"男人真是太愚蠢了吧!那种傻大胆也值得骄傲?有女孩子在场,更得意得厉害!就像屁股通红的那什么似的!"

"不过你看,"我说道,"因为我们是斯考特和麦克嘛!刚才那情景是不是有点儿像电影画面?比如说类似《不羁的天空》。"

桃桃哼笑了一声说:"你说谁和谁?劳雷尔和哈迪?"

哇,桃桃居然知道那么老的影星的名字!这是与卓别林同一时代的笑星组合,或许那种风格更容易使她产生共鸣。

"以后别那样了,好吗?"桃桃说道,"因为那样对心脏不好。"

"是啊,"我说道,"我再也不那样了。我要把勇气用在最重要的事情上。"

我们到达山丘上的高台，那里有座木地板观景台，排列着几条长凳，还有投币望远镜。

"难道……"桃桃说道，"这里就是那个……"

"嗯！"我点点头说道，"是的，这里就是那个'特定的场所'。"

"哦，原来是这样的地方……"

现在木地板上有很多破洞，长凳的腿儿已经腐烂倾斜，生了锈的望远镜永远指向西北偏北方向。

即便如此，从这里眺望的景观依然独具魅力。夕阳即将落下，那幅经典画面不久就会出现在这座观景台的正前方。

现在，鲜红的夕阳已快要触到西方山峦峰顶的棱线了。

"也就是说，这里是我们城市的'叹息桥'。"桃桃说道。

"是啊！不知从什么时候起，大家就都这样传开了。"

日落之吻——如果日落时情侣在这里接吻，哪怕暂时天各一方，也终有重逢之日。不过，在其最初版本，即威尼斯版中，日落之吻象征着"永远的爱"，可在这里不知何时却被换成了"重逢"。不过，这个"重逢"版更符合我们现在的心境。

"传说终归是传说，"桃桃说道，"或许有的情侣虽然信以为真，可遭遇却很悲惨……"

桃桃用指尖描摹着写在扶手上的情侣的名字——宏志

和由美、明良和阳子、美纪和雅幸……

"这些或许都是悲伤回忆的记录呢!"桃桃说道,"不是吗?首先,他们到底是因为什么而分离的呢?既然他们如此相爱……"

"比如说,"我答道,"因为自私任性的大人们做出自私任性的行为?"

桃桃扑哧地笑了出来。

"回答正确!这种可能性极大。"

"关键还是要看双方的感情吧?如果两人都心怀强烈的愿望,肯定能迎来重逢的那一天。到那时谣言才会变为传说。"

"嗯!"桃桃说道,"也许是这样吧!"

桃桃坐在一条幸存的长凳上,随即砰砰地拍了拍侧面位置,我就坐在了她的身边。

"日落时分快到啦!"

"预测还有三分钟。"

"你都事先查过了吧?计划做得相当充分呢!所以你才会约定那种莫名其妙的集合时刻。"

"差不多吧!"

我说完,微笑着眺望西方的天空,看到了绚烂辉煌的晚霞,就像我现在的胸膛内一样,在火红燃烧着。

"以后我还想再见到桃桃。为此我什么都可以去做。"

"这简直就像爱情告白……"

"大概吧!"我说道,"难道不是吗?其实我就是这个意思!"

"我也是……"桃桃说道,"我也还想再见到时郎。因为我们才刚刚开始,不是吗?"

她从衣袋里取出袖珍录放机,并把一只耳机递给我,把另一只塞进了她自己的耳朵里。

桃桃按下播放键,乐曲流淌而出,这是史密斯乐团的一首歌。

"咱们跳舞吧!"桃桃说道。

我们站起身来,伸手揽住对方的腰。

"我还不太习惯呢!"我说道。

"没什么呀,只这样就可以啦!"桃桃说道,"这是我曾经的梦想。"

我们静静地相互靠近,轻轻地踏起舞步,柔曼的步幅划出舒缓的弧线。

我们的腿时不时像九连环般缠绊并险些摔倒,但谁都不会介意。

我感到两人的距离又进了一层。

我们把脸颊贴近,分享同一首乐曲,因为这是单声道播放。

桃桃近在身旁,触手可及,我甚至能感受到她那宛如兰馨般的气息。

莫里西唱道:

> 哪怕一生只有一次
> 请让我得到我想要的吧
> 虽然没有谁能知道
> 我总是一无所获
> 虽然没有谁能知道
> 我在深深地祈祷

在夕阳触到山峦峰顶的棱线之际,我们第一次接吻了。

我们的初吻俨如虔心祈愿。

这颗蓝色的星球在无声地旋转,片刻之后暮色将从东方天空降临,我们就在这光明与黑暗的罅隙间为爱誓愿。

十五岁的爱情虽然不免生涩幼稚,但我们绝对情真意切,两人用只属于自己的方式相互赏识,发明了初恋的新形式,并将其铭刻于心。

我心想:只要足够强大,我甚至能战胜命运。

不是吗?

"你真是饱含热情呀！"桃桃说道，"在接吻时，我感觉仿佛绕着太阳转了一圈呢！"

"太棒啦！"我说道，"这是创吉尼斯世界纪录的初吻。"

"你是初吻吗？"

"对呀！桃桃不是吗？"

"你看，在外国那边，接吻都是礼节性的嘛！"

"哦……"

"不过，"桃桃说着赧然一笑，"这回可是非礼节性的初吻呢……"

## 五十四

在学校里，我们当然继续装作从未发生过那件事的样子。

他们对此一无所知，而我们则从那个日落之后成了一对恋人。

如果把我心中的所思所想转换成文字显示在屏幕上，那一定是这样的吧。

本人是桃桃初吻（非礼节性）的对象。你能相信吗？简直就像电影中描述的接吻，棒极了！桃桃的嘴唇像果冻般柔软。

再补充几句，桃桃第二吻和第三吻（非礼节性）的对象也是我。我问桃桃："有加餐吗？"她说："有啊。"后来我流了鼻血，桃桃大笑不止，但我却完全不在乎。总之这是最浪漫的事情！

我特别喜欢桃桃。虽说我心里对你们有些过意不去，但流言这东西的威力确实连蚊子屁都不如。无论什么时候，改变世界都是千真万确的事情。衷心地祝愿你们将来有一天遇到真爱。

飞男从星期一开始又来学校了（小百合依然没来）。

他虽然什么话都没说，但在我们目光相遇时，他悄悄地竖起了大拇指，看来他俩也进展顺利。不过，这是理所当然的事情嘛！

我们在教室的嘈杂声中深潜隐形，在水面下互相发送秘密信号，然后协同步调，并开始无声的倒计时。

同学们都毫无觉察，但再过不久，一切都会发生剧变。

## 五十五

今天是 12 月 24 日。

早班会和在体育馆内举行的期末典礼都平安无事地结束了。JG、R2 以及高见亚纪都不知道我们的谋划,虽有几次视线相遇,但并无任何反应,那眼神就像看到了石块似的。

桃桃与飞男也继续装出若无其事的样子。

不过,我们的心跳早已实现同步,高潮迭起的胸中在做最后的读秒。

我虽然表面装出泰然自若的样子,但内心却非常紧张,就像没松开阻风门的发动机一样,一直处于高怠速状态。

"状态如何?准备好了吗?"

在校长讲话的过程中,科幻迷男生悄悄地向我打招呼。

"嗯!万无一失。虽然昨晚怎么都睡不着,但现在精神饱满,只等行动了。"

我从"以极稀薄的伙伴情谊集结的异类迷联盟"那里得

到了忠告和建议，他们帮我完善了文稿和脚本。他们完全值得信赖，比起蹩脚的秀才，他们有更多实用的知识储备。他们都堪称"匿名支持者"。

"加油！"他说道，"我们将与你们同在。"

"嗯！谢谢！"


在期末典礼结束后，我跟咪君一起从体育馆回教室。

"哎、哎！"他压低嗓音说道，"昨天傍晚，我看到飞男和小百合牵着手一起走呢！"

"哦？"我问道，"你看他俩感觉怎么样？"

"看样子感觉好极啦！就像约翰·列侬和小野洋子。"

"嗯！那太棒啦！"

"你不惊讶吗？"

"不，哪儿会呀！"

这时咪君一下子沉默了，像是在探测隐藏的线索般凝视着走廊上的瓷砖。

几个男生一边模仿职业摔跤手的动作，一边从我们身旁走过。

过了片刻，咪君再次抬起头来，嗓音中满含异样的热情。

"这就是那个叫'真实'的东西？"

"嗯？"

"就是所谓'有感觉'？"

"哦，也许吧。"

"那两人早就情投意合了，虽然连一点儿风声都没传出去，但肯定就是这么回事儿啦！"

"嗯，我也是这么想的。"

"你早就知道了吧？"

"不，"我摇摇头答道，"我也是刚刚知道。我一直很相信传言。"

"原来是这样，"咪君高兴地说道，"那不都一样吗？"

"嗯，"我点点头说道，"说句实在话，我也是这会儿才如梦方醒。"

## 五十六

期末典礼结束后,我回家对器材做了最后的确认。我们已商定好,届时我会把器材装入大提包并带去现场。因为四点才开始行动,所以到出行前还有一段时间。

我把昨晚剩下的炸薯泥肉饼当午餐吃掉了,然后随意倒在榻榻米上。时至此刻,困意突然袭来,我已经三十多个小时没睡觉了,也许稍微休息片刻为好。我把坐垫折叠成双层,当作枕头。

我闭上眼睛,想起了桃桃。

桃桃现在在做什么呢?再过几个小时,她的人生就会发生巨大的改变。桃桃将要失去的东西可谓无法估量,作为平头百姓的我根本不能与之相比。因为不管怎么讲,她毕竟还是公主嘛!

"我不想靠贪嗜他人的不幸养肥自己,像猪猡似的。"桃桃曾这样说过。

她还说:"我要采取革命行动,小小城市里的小小革命。

不过，这才只是开个头而已。如果像我们这样的孩子们坚持发出强烈的呼吁，他们多少也会予以考虑。我们是'无国界少男少女团'。虽然大人们把这个世界搞得越来越糟糕，但孩子们要改造世界呀！"

"孩子们都在目不转睛地注视着大人，他们都十分清楚大人的所作所为。我希望大人们了解这一点，他们应该感到羞耻！"


或许确实如此。不过，桃桃，你真的要这样做吗？

我当然完全支持桃桃。而且我认为这样做是我的使命。

虽说如此，但我还是担心不已。桃桃对自己过于严苛了，才十五岁就承受那样的重负！她本来可以选择其他的生存道路。

桃桃简直就像头戴荆棘冠冕的女王。我有时实在无法承受这种忧伤。

因为我喜欢桃桃，所以希望一直看到她的笑脸……

## 五十七

我被设定的闹钟铃声叫醒,已三点三十分了。我麻利地准备好携带物品,罩上连帽短大衣就走出了公寓,步行前往工厂的正门。

天空阴沉沉的,电线在北风中鸣响,城市就像一台绷满琴弦的巨型乐器。这肯定是天上有谁在为我们演奏电影配乐,威武雄壮中透着悲伤。

今天是平安夜,是一个充满温情的日子。这一天,多达数亿的临时"圣诞老人"会倾尽所有善意,盛情款待所爱之人,写有"以爱为名"的无数贺卡将在这片星空中翩跹飞舞。

可以说,这一天确实是适合做善事的良辰吉日。

我们也会成为谁的圣诞老人吗?哪怕自己势单力薄,也要向生活清纯简朴的人们送去挚爱和平安……

我稍稍提前到达了现场,而另外两人也已经来了。

"嗨!"我说道。

"立刻行动吧!"桃桃说道。

她脸色稍显苍白,套头白色毛衣上罩着鲜红色的皮大衣,下身依旧是黑色的牛仔裤。

我帮桃桃在胸前戴好领夹式麦克风,把信号发射器别在她的大衣腰带间。

然后,我按下开关调试灵敏度。

"你说句话。"

"时郎,我爱你!"

飞男望着我嘿嘿一笑。

"好!"我红着脸说道,"听得很清楚。"

"是吗?"桃桃若无其事似的说道,"你能理解我的心情,我很高兴呀!"

接下来,我为飞男和自己佩戴器材。这些器材都是从邻市的商店租来的,因为我家里也有这些东西,所以我十分了解其使用方法。

我按下录像机的电源,察看监视器屏幕。

"完全正常!"我把镜头对准桃桃说道,"真不愧是演员的女儿呀!"

桃桃向我抛来飞吻,动作娴熟而自然,专业范儿十足。桃桃毕竟是桃桃!

完成所有的准备工作后,飞男伸展双臂把我俩叫到身边,并揽住我们的肩膀。

"来吧,"他在我们耳边轻轻说道,"传说之秀即将开幕。让我们来一场华丽的表演吧!"

然后,飞男哼起了那支歌曲。

　　天空、烈火、大地、水流,永远保持均衡变化……

飞男从我俩身边离开,朝自己的规定位置慢慢走去。

## 五十八

这里只剩我们两人时,桃桃从大衣兜里取出一个白色纸袋递给我。

"这是约定的酬金。"

"啊?我还什么都没写呢!"

"这是预付,而且一次全额付清。我从最初就是这样打算的嘛!"

"是吗?"

"是呀!所以你要认真写出好文章来哟!"

"嗯……"我有些迟疑地点了点头。

然后,我又立刻改变想法,把伸向纸袋的手缩了回来。

"我还是不要了……"

"这个时候别说没用的话!"桃桃说道,"我想做公平交易!不管我们的关系和现状怎样,我都要遵守合约嘛!你要成全我。"

"这是我的请求……"桃桃最后与其说是恳求，不如说是在用隐含威胁的语气强调。

是的，这确实是桃桃的优点——坚持公正。既然如此，对桃桃来说，这笔酬金应该极具象征性意义。

她不愿像自己的父亲那样生存，决不……

"明白了，"我说道，"我收下啦！"

我接过桃桃递来的纸袋，装进大衣内兜。

"我一定好好写传记，因为我也想公平交易。"

"这是理所应当的，不是吗？"桃桃说道，"不然的话就老拳伺候。"

我听到这话忍俊不禁。桃桃确实很坚强，无论什么时候都不失幽默。

"那好，"我说着转头朝工厂望去，"正式拍摄即将开始啦！"

马上就要到四点钟了。这是工厂换班的时间，所以会有很多员工从这里经过。

"可以吗？真的能行吗？"我问道。

桃桃平静地点了点头。

"准备好了！随时可以开始。"

"汽笛马上就要响起！"

"是吗？"桃桃说道，"咱们单独相处的时间也所剩无几了……"

"嗯,"我点点头说道,"所以……我想趁现在把话说出来。"

"嗯,你想说什么?"

桃桃说完看着我的眼睛,我不禁心头一惊。无论何时,桃桃的目光都会直接触到我的心魂,感觉就像戴着黑天鹅绒手套的手从内侧抚摸我的肋骨。

"该怎么说呢?"我说道,"那个……我觉得幸福极了!这种感情我还是初次体验到。我想,这肯定是只为桃桃一个人珍藏的特殊感情。我能遇到桃桃真的无比幸福呢!"

桃桃瞬间露出猝不及防的神情。

"时郎你……"桃桃喃喃低语,紧紧地咬住下唇,眼眶瞬间湿润了。

她把小巧的额头轻轻抵在我的锁骨窝上。

"谢谢!"桃桃私语道,"谢谢你对我说这些话。"

"这五个月真是棒极了!"我说道,"我做梦都没想到在自己的人生中会发生如此美妙的事情。"

"嗯……"

"简直就像……"我嗓音颤抖地继续说道,"简直就像电影中描写的恋爱故事。一切都是从那家小小的书店开始的,是从我们两人第一次搭话的地方开始的。回想起来,那是我们的第一个镜头……"

"当时我的心怦怦直跳,"桃桃说道,"紧张得不得了。"

"真的吗?我还一直以为你很生气呢!"

"怎么会呢?"桃桃说道,"我担心得要死,就怕被你拒绝。"

"好奇怪的想法!"

桃桃握拳在我腹部使劲顶了一下。

"你把我当成什么了?不管是谁都会害怕的嘛!"

"是吗?"

"是呀!"桃桃说着把脸颊轻轻贴在我的胸前,"因为那就叫'恋爱'吧。"

是吗?我心想,原来桃桃那时是在恋爱……

虽说这是几乎不可能发生的、恍如梦中的故事,但却是毋庸置疑的真情实景,所以我们现在才会这样相互感受对方的心跳。

既然世间曾有公主爱上卑不足道的报社记者的故事,那么我们两人恋爱也应该无可非议。

如同电影般的恋爱。

既然如此,尾声也应该如同电影。

## 五十九

虽然我还想像这样再待会儿,但决定命运的时刻已经到来。

工厂的汽笛高声鸣响,而对于我们来说,却如天使吹响了宣告世界终结的号角一般。

过了一阵,完成交接班的员工们从厂里陆续走出。

"好啦!"我在桃桃耳边低声说道,"行动即将开始!加油!"

"嗯!"桃桃点点头。

我从她身边退后三米,端好摄像机,随即按下电源键,手指放在录像键上。

我会成为即将发生的事件的目击者,用摄像机记录事件全过程就是我的任务。保留作为证据的影像资料十分重要,因为厂方可能会企图销毁它。桃桃是天生的演员,而这部纪实影片必定会成为我们的强大武器。

从此经过的员工注意到我们的身影,停下脚步想看个究竟，其中也有飞男的父亲事先打过招呼的"同志"，他们承担着非常重要的任务。虽说人数越多越好，但因为只联络了可以完全信任的工友，所以人数还是极为有限。

几分钟之后，周围已形成了相当规模的人墙。聚集过来的听众（即目击者）人数已经足够，演讲秀开始的时刻终于到来。

我按下录像键，并悄悄地用空着的手指向桃桃，做出开始演讲的手势。

"大家下午好！"桃桃说道。

她的声音通过麦克风，经过我脚旁的扩音器放大，以足够的音量向周围传播。

"我是这家工厂的经理南川弘的女儿，我叫桃桃。"

看样子有很多员工还不知道她是什么人，现场顿时响起一片嘈杂声。

"现在，我想向大家讲讲自己所了解的事实。而且，我还想呼吁以我父亲为首的工厂干部们，要求其纠正厂方的渎职行为，并且让大家能在公平的劳动条件下工作。"

人群中响起欢呼声，还有人鼓掌。

听众顿时热情高涨，感觉就像在开小型演唱会。我把视线投向人墙后边，只见有个年轻人慌慌张张地朝工厂方向跑去，他一定是想叫什么人来吧。

"在八个月之前，"桃桃说道，"我在父亲的书房里看到了针对本厂干部渎职行为的内部调查报告书。这是前任经理向新任经理移交的材料，而历届经理全都了解这些渎职的事实，或者做出过相关指示。因此可见，这是公司干部上下勾结的渎职行为。"

听众中再次一片哗然，并响起了抗议公司当局的呼声。桃桃继续讲述。

"厂方在用金钱操纵这座城市，他们与行政当局的勾结甚至早已不是秘密。工厂污染了这座城市的水源和土地，却没有任何人被追究问责，就是因为高额贿赂封住了应该检举揭发渎职行为的人们的嘴。对于工厂干部而言，这座城市就像他们自己的领地。他们根本无意恪守相关规定，像挥舞魔法杖似的滥用权力，目空一切地在这里横行霸道。"

周围的人墙又增加了许多，不仅是工厂员工，就连从这里路过的本地居民也停下脚步，专注地倾听桃桃的演讲。

"另外，还有劳动问题。"桃桃讲道，"被压低的工资、超时劳动、恶劣的劳动环境、非法解雇等等，厂方为了隐瞒这些渎职行为而造了假账，提交给了行政部门，即所谓两套账本，过度加班的记录被篡改，员工并未领到应得的报酬。"

听众完全被桃桃讲的话吸引住了。

这篇讲稿虽然是由我与"以极稀薄的伙伴情谊集结的异类迷联盟"相商后撰写的，但桃桃演讲时在多处插入了自己的话语，而且根本没打开准备好的原稿，所有的台词都已输入她的大脑。真不愧是桃桃，冰雪聪明，堪比亚莉亚！

"我为了确认这些事实，委托同班的男生进行协助。他通过自己的父亲向我提供了大量的内部信息，加班时间的篡改目前依然在进行。我跟他一起记录了在厂里工作的各位的下班时间，还拍了照片。这些都是为了留下证据。"

我看到保安员们从厂内向这边跑过来了。

这一切都在预料之中，本场好戏的高潮即将到来。

"与此同时，我也向父亲提出了诉求。而当时我隐瞒了偷看报告书的事情，说这些都只是听别人所讲。我向父亲猛批厂方的渎职行为，并强烈要求父亲对此予以纠正。"

大约有五名保安员从后边靠近人墙，并强行分开听众，向我们逼进。

与此同时，数名青年员工离开人墙朝这边走来，作为人盾的他们排成半圆形，围护在桃桃身前。他们正是此前所说的"同志"，都是飞男父亲的伙伴。

我们事先已向他们强调，绝对不能动武，如果以暴制暴的话，我们就会被看作是员工的同伙。那并非我们所希望的结果，因为理性才是我们的武器。

完全依靠智慧实现目标，只要充分发挥智慧，我们甚至能改变世界。

"我父亲……"桃桃虽然有些犹豫不决，但还是坚持说道,"我父亲根本听不进去,他还说那些都是员工们凭空捏造的谎言,一旦厂方稍做让步,员工就会无法无天。对于非法解雇菊池女士的决定,我也请求父亲予以撤销。但我父亲执意不予接受,还强硬地拒绝说:'这种事小孩子不要多嘴多舌。'"

那几个保安员开始突破人盾,虽然没有拳脚相加,却仍用相当粗野的动作冲击人盾。

过了不久,一名人盾被扯开,接着又是一名。最先被扯开的青年匍匐在地面站不起来了,可能是哪个部位受了伤。

听众开始骚动,呐喊声此起彼伏,他们高呼口号,强烈谴责厂方的卑劣行径。

这时人墙中有几个员工挺身而出后加入人盾,厂方的人也连续不断地聚集而来,其中有干部以及追随他们的员工。

我还看到,连JG和R2不知何时也出现在人群中。可能有人打电话通知他们了。他们带领同伙向我们冲过来。

"虽然我还是个未成年的孩子。"桃桃在人盾的保护中继续讲道,"但是,我明白什么是正义。如果说孩子不应该多嘴多舌,那么谁来揭露和谴责这些渎职行为呢?大人们都无所作为,因此我下定决心,不能再继续沉默下去了。把幸福和繁荣建立在他人的苦难之上的做法是错误的,如果我的奢侈生活是以大家的泪水和汗水为代价换来的,那么我必须将其返还。"

厂方那帮人急不可耐,终于开始挥动拳头,人盾连续不断地溃退。但即便如此,员工中仍有人前仆后继地补充,攻防双方相持不下,桃桃暂时还平安无事。

JG带着那帮同伙朝我这边逼来,但也被新组成的人盾阻隔开了。

加入员工队伍中保护我的居然是那个"以极稀薄的伙伴情谊集结的异类迷联盟",有科幻迷男生、铁道迷男生,以及将棋迷男生。

"为什么大家都……"

"这就叫'开弓没有回头箭'嘛!"科幻迷男生一边与JG等人推搡,一边向我喊道,他的眼镜早已被挤得移了位。

"或者叫'见义不为,无勇也'吧。因为我们欠你的呀!"

大家都拼得那么不顾一切。他们对这种事情根本不擅长,却表现出无所畏惧的精神,真的很了不起!

无论厂方那帮人多么粗暴凶悍,他们都决不以牙还牙、以眼还眼,彻底奉行无抵抗主义。我们都是圣雄甘地。

"最关键的就是要彻底觉醒!"桃桃说道,"我们要用自己的眼光审视问题,发现真相进而奋起行动。如果你们的父亲做出不当行为,那就要促请他纠正错误。对那些骄横傲慢、为所欲为的人绝不能姑息迁就,要通过发现真相和奋起行动使他们陷入孤立无援的境地,因为他们如果单独行动只会一事无成。而我们拥有无穷的力量，我们不是一个人在战斗。我们要认识到这一点，只要我们充分发挥智慧的力量，世界应该能得到改变。既然他们发明了成百上千的暴力作恶伎俩，我们就要发明成千上万的对抗本领，竭力淬炼非暴力斗争的技能，挽救这个被大人们葬送的世界。"这是桃桃演讲的结尾。

如同大坝决堤般支离破碎，整个人盾被冲得七零八落，粗暴凶悍的家伙们用武力把他们摔向地面。

我的摄像机被 JG 抢去，并被凶残地破坏掉了。甩出的录像带被 R2 捡起来，他随即从衣袋里掏出打火机并打着火，然后凑近另一只手中的录像带。

这个过程仿佛慢动作一般，在字字拖长的怒吼声中，火焰忽地冒了出来。

我看到保安员抓住桃桃的胳膊后，立刻拨开人群向她那边冲去。

"住手！"我拼命地喊道。

可是，我的声音微乎其微，仿佛根本不是我自己发出的呐喊。

JG 指着我的背后大声喊道："飞男在那里，快抓住他！"

我一边跑向桃桃，一边回头看，看到了身穿大衣、头戴鸭舌帽的飞男，乔装打扮的他高高举着另一台摄像机发出怒吼。

"我们胜利了！革命成功啦！"

尽管 JG 那帮人向飞男冲过去，却被飞男俨如橄榄球的跑动后卫般巧妙地闪开了，然后他径直朝对面的球门柱绝尘而去。

干得好，飞男！我在心中为他喝彩。

桃桃正在被男保安员一步步拖离现场，看样子他们要把桃桃带进厂内。不知何处传来巡逻车的警笛声，还有狗叫声，乌鸦在空中横飞乱舞。

在东躲西跑的人群中，我看到了阿尔大叔，还有母亲。

菊池母女俩招呼着倒在地上的员工们，刚才在暗中观察的飞男的父亲此时正站在人群中央喊着什么。

桃桃发现了我。

"时郎！"她喊了我一声。

"桃桃！"

我就快追上桃桃了，指尖已触到她拼命伸出的手。

只要两手相握，我就能把她抢回来。我们无论何时都要在一起，绝不能被分开！

突然，我的肩膀被紧紧地抓住了，感觉那只手像有万钧之力。我回头一看，原来是 JG 那小子。

"时郎！"桃桃再次喊道。

"桃桃！"

"真烦人哪！"JG 嘟囔道，"就你这个样子还装什么英雄啊!"

紧接着,他一记老拳砸在我的面部,我立刻瘫倒在地。

这个场面好像在哪里看到过呀,我心想,可我怎么都想不起来到底在哪里看到过。

忽然,我听到从远处传来桃桃的声音。

"时郎!"她拼命地喊道。

那喊声听起来悲痛欲绝。

"时郎!"

"时郎!!"

"时郎!!!"

## 六十

以上是《她的物语》的正篇,接下来就只剩所谓"后来发生的故事"了。

首先可以告诉大家,自那天以后,我再也没见到过桃桃,也不清楚她在哪里。

我想在这方面桃桃也是一样,因为我总是疲于奔命地频繁迁居(而且要避人耳目),现如今我本人已然成为不折不扣的"蒸发者"。

我想大家都已经注意到,那天发生的事件其实是我们策划的大型即兴剧。而在现实中,"剧情"也基本上在按照主线发展,连反面角色都表演得恰如其分。

我扮演的是个幌子似的人物,所起的作用就是吸引众人的目光,以便掩护飞男。

所有人都毫无察觉地中了我们的计谋,飞男直到最后都没有被人盯防。

当然，我所做的就是模仿圣雄甘地，贯彻不抵抗方针，并将现场实况公开报道，希望唤起社会舆论的关注。

俗话说"百闻不如一见"，影像资料比语言文字更易于传播。桃桃的镜头感简直是超群出众，演讲的说服力也堪称一流。

不过，由于这次行动，桃桃的个人隐私将被完全曝光，所以我才会事先多次向她征求意见。

但是，桃桃真的是干劲十足，她说她想成为一针强心剂，让大家头脑清醒起来。

或许桃桃真的是一位天生的女演员。所谓女演员，在远古时代应该兼具巫女那样的职能，所以桃桃成为"唤醒者"也是极为自然而然的事情。

率先提出"无国界少男少女团"的也是桃桃。

"大人们都很阴险狡诈。"她这样说道。

他们贪权图利、独断专行、欲壑难填、无宽容心、狭隘吝啬、极端排他、攻击性强，如此强势的大人们在社会顶层数不胜数，搞得大家苦不堪言。

"因此我必须挺身而出。"桃桃说道。

桃桃在发现父亲也有渎职行为之后，可能做过相当多的功课——现今的世界为什么会是这个样子？究竟是谁造成了这样的现状？

"在很久很久以前，世界是由更具母性的人物制定规则。"桃桃说道,"她们慷慨大方、热心助人、和蔼可亲,从不嫌弃与己不同者及那些弱势群体和能力有限的人。在远古时代,就是这样的人物制定了世界的规则。"

这样的世界虽然建设社会事业耗时较长,但所有人都同样能过上幸福的生活。

"然而,在'富'这个概念产生的同时,'力'的原理也厚颜无耻地冒头了。我爸他们工厂正是这个社会的缩影啊!我揭露他们的渎职腐败具有象征性的意义,就是想让大家都有清醒的认识,希望大家千万不要被花言巧语迷惑住,要独立思考并认清真相,要让贪得无厌的大人们陷入孤立,不要总以为只要能跟着他们沾点儿光就够了,要孤立他们,让他们为自己的言行感到可耻。"

桃桃的信念不可动摇,她还说欠债必还,这是最起码的赎罪。

如此这般,飞男拍摄的录像资料在当天就被送进了地方电视台。在傍晚的新闻栏目中公开播放后,引爆了惊人的社会舆情反响,现场画面瞬间传遍了全国。一切都按照预期发展。

其后的发展也很迅速。

桃桃的父亲被解雇,工厂的干部们也受到大幅降职减薪的处理。JG和R2的父亲几乎是所有渎职行为的主谋，估计他们今后再也不能损公肥私了吧。

经过行政当局的彻底调查，厂方徇私舞弊的事实被接连曝光于世，官商勾结、行贿受贿、贪污挪用的渎职行为被检举揭发，贪赃枉法的人们都受到了应有的处罚。桃桃的父亲十分勉强地被免于起诉（或许是通过暗地里的某种交易）。

工厂排放的水变清澈了，站前广场的违章停车也消失了。

当然，工厂的劳动条件得到了大幅改善，拖欠员工们的加班津贴也全部如数发放。厂方保证向员工支付与劳动强度合理对应的薪金，员工因厂方意志被非法解雇的现象也消失了。

小百合的母亲以及飞男的父亲都回到了原先的职场。

当然，小百合和飞男的感情也发展顺利，两人都该谈婚论嫁了吧。

好呀！可喜可贺！可喜可贺……


不过，真的会那样吗？

现在我心中依然有种无以言喻的模糊的感觉，就像炭渣中的余火般一直烟雾缭绕。

我想，这种感觉大概与我跟桃桃的恋爱在某处相关联。

桃桃消失了。我们是被强行分离的恋人。

曾有一段时间，媒体在声势浩大地追踪报道桃桃的情况，但谁都没能捕捉到她的身影。

因为桃桃不仅是超群出众的美少女，而且对于爱看八卦新闻的观众来说，分公司经理的女儿揭发父亲渎职这种事，简直就是无法抗拒的"美味大餐"。因此媒体必定会投入大量财力和人力进行追踪报道，却都被桃桃巧妙地躲掉了。尽管如此，但那些小报和八卦杂志上关于桃桃的报道不堪入目，全是捕风捉影、恶意歪曲、下流的偷窥趣味等。这些与阴暗少年的郁闷宣泄毫无二致，就像因愤怒过度而变得凄哀一样。

据说（全都是阿尔大叔听别人说的，虽然只是传闻，但也姑且写一下吧），桃桃的父母好像并未分手，过了一段时间后，他俩就迁居到别的城市去了。

桃桃的父亲被公司解雇后情况怎样也无从知晓，但因为他们有花不完的存款，所以应该暂时不会流落街头，现在一定也在自得其乐地做事吧。比如另起炉灶创立自己的品牌什么的。

桃桃一直在担心，如果父母离了婚，母亲又该何去何从。

其实，在桃桃跟父亲发生争论时，她母亲一直在门外偷听。这在电影中也经常能看到吧——门外突然咔嗒一响，蓦然回首却看到最不希望被其听到的人就站在那里。她妈妈立刻知道了一切,不止是桃桃爸爸的渎职行为,甚至还有他搞婚外情的事实。桃桃一直对此懊悔不已,说不该让妈妈以那种方式发现爸爸的婚外情。

不过,夫妻这东西实在是令人匪夷所思。桃桃妈妈并未抛弃失势落魄的桃桃爸爸,而是对他的婚外情置若罔闻,并决心维护情绪一落千丈的大夫。

结果,只有桃桃一人成了家里的坏分子,于是她离家出走了。

估计桃桃最初是靠润哥的帮助出走的吧。因为我也听人这样说过。

从此往后的故事线索可以无限扩展,因为桃桃的潜能无限巨大,以她的天资足以胜任任何角色。当然也包括变身为超级美女雕塑家。

我的人生轨迹也发生了巨大的变化,因为我的表现过于突出,甚至在全国性的网络新闻中出镜了。

说到我被JG抢去摄像机那个镜头,感觉就像"社会派"影视剧中的主人公那么帅,所以我相当满意。就算不能与基努相提并论,但扮演年轻新闻工作者的角色还算比较上镜吧。

不过,这当然是极为冒险的行动,如果被那些讨债者看到可就万事皆休了。

在实施那次行动的第二天，我们就离开了这座城市。日程安排得如此紧凑，令我感到十分惊诧，其实这些都是我父亲暗中指导的。

母亲和父亲保持着联系，那次讨债者来这里后，母亲就立刻通知了父亲。从那天起，父亲就在暗中守护着我们。那天晚上也是虚惊一场，其实电线杆后面的人影就是我的父亲。

与此同时，父亲还为我们离开这里逐步做好了准备。他在另一座城市租了房子，并分批少量地搬运行李。我自己倒没太注意，其实那段时间公寓房里的各种物品已逐渐消失，像烤面包机、旧相册、夏季用的毛巾被等。

从那以后，我跟父亲一直处于不即不离的状态。看样子，还债的事情已经有了眉目，父亲好像正在从事某种极为繁重的体力劳动，他那刚劲雄健的体魄与以前相比简直判若两人。以前那个"全职梦想家"父亲，现在的形象就像电影《出租车司机》中的德尼罗（当然他没有剪莫西干头）。

再过一段时间，我们三人应该又能过上团聚的生活了。

不管怎样，我现在的日子还算过得去。

后来，我虽然高中没能顺利地完成学业，但却一直在坚持不断地学习电影剧本的创作。

教科书当然是那部《在好莱坞成为编剧的捷径指南》。

这是用桃桃支付给我的酬金购买的。

哦，对了，说到酬金，当时我从桃桃手中接到的纸袋里，除了纸币，还有一封信。这是我的珍宝，我曾多次捧读并回忆当时的情景。当我受挫消沉时，读了它就会鼓起百倍勇气。

我们完成了一件非常了不起的壮举，一件其他人都做不到的壮举。我真心爱恋这位魅力四射的女孩，还成了她初吻的对象。

与此相比，那个好莱坞根本算不了什么，我绝对能轻松拿下。

因为不管怎么说，我都是个无所畏惧的天才写手。

在这部"传记式作品"的结尾，我想把桃桃给我的来信也予以转载。

我最初真的写好了传记式的文稿，但想来想去还是决定把那五个月的日日夜夜记录下来，这样也能向大家详细描述桃桃的情况。

桃桃是个极为可爱的女孩，她不仅冰雪聪明、公平正直、意志坚强，而且像果冻般柔润。因为桃桃好莱坞女星范儿十足，所以我曾多次深深地被其表象迷惑，而真实的她无论何时都是最棒的。

桃桃相当复杂，不过我们都能懂，我能触到那个藏在心灵深处的小桃桃。而且只要"嗨"地打声招呼,还能一同外出漫步。

所以我喜欢桃桃。

我喜欢桃桃胜过这颗星球上的一切。不,不只是这颗星球,应该说是整个宇宙。即使是现在,我也全力以赴地爱恋着她。

我只要想到桃桃在这片天空下的某个地方绽开灿烂的笑脸,心中就会荡漾起满满的幸福感。

你太棒了,桃桃!你在我心中占有独特的地位。


嗨!时郎!

当你读到这封信时,一切都应该已经结束了吧。

没问题!这次行动一定会圆满成功,因为时郎写的脚本完美无缺。我的眼光没错。这当然也毋庸置疑啦!


我一直在关注着时郎,心心念念,总是难以放下。这到底是为什么呢?

根据我自己的标准,时郎相当酷(因为我是个怪人,所以你不要太当真,这毕竟是我个人的见解)。

时郎还记得在本学年初写过的命题作文《将来的梦》吧?你写的是"要当个好莱坞电影编剧"吧?你这

种无所畏惧的个性，在我看来简直酷极了，甚至连我自己心中都充满了不可思议的感动。

你的梦想既不是当棒球选手，也不是当公司经理，更不是当飞行员，而是当好莱坞的编剧。

我当时心里想：这人是怎么回事儿呀？我大概从那时起就对你有所留意了。

而且，我觉得时郎的文章也个性十足，言辞铿锵有力、掷地有声，聪敏机智且温文尔雅，因此你畅通无阻地亲近了我的心，以至于我感到有些可怕。这就叫"共鸣"吗？我们和谐共振，如同音叉的两条金属臂。

我从周围的女孩们的口中也听说了你家的情况，想必你承受了我无法想象的艰辛磨难。

其实，我曾多次在那家书店和图书馆里看到过时郎的身影。当时你正在聚精会神地读书，好像没觉察到，但我也知道了那本书是什么内容。

可能就是从那时起吧，我心中就逐渐形成了一条故事主线。

我觉得你文学潜质深厚，我应该帮你发掘和拓展这一优秀才能。

如果用更帅气的说法，那就是我要做时郎的缪斯女神！

我发现我爸有婚外情也刚好是在那个时期。

我记得大致情况已经向你讲过，不过我想让时郎知道全部，所以就在这里写得更详细些吧！

在听到我爸深夜通话的第二天，我悄悄地溜进了他的书房，想寻找他搞婚外情的证据，我想知道他们关系如何、从何时开始、是怎样背叛我妈的……

虽然我爸的书桌抽屉上了锁，可我轻而易举地在铂金镇纸下面找到了钥匙。像这种事情吧，因为是亲子之间嘛，所以藏在哪里一猜即中！

于是，抽屉里就出现了我以前说到的那份调查报告。

那些极其恶劣的行径使我深感震惊，当时我的腿都在颤抖。因为这不仅仅是婚外情的问题，已经属于不容置疑的犯罪行为了。我用最快的速度浏览了全部材料，然后赶紧离开了我爸的书房。

后来我才想到应该把那份材料复印一份，可再去看时，材料已不见了踪影。这倒也不足为奇，因为那份材料危险性极高，本来应该藏在瑞士银行的地下金库里才对嘛！

我曾在背地里找到飞男，在没提及报告书的前提下向他询问各方面的情况，特别是有关劳资方面的问题。当听到他反映的情况时，我感到那些恶劣行径确实是罪大恶极。

剥削——我对这种丑恶龌龊的勾当感到万分惊愕！

我爸居然能容许这种歪风邪气存在，真是难以置信！

因为我爸对家人确实关怀备至。尽管他常因工作繁忙而几乎无暇与家人团聚，但只要有机会见面，总是亲切地对我们嘘寒问暖。

我百思不解，我爸对我们那么和颜悦色，可为什么对别人却会做出如此冷酷无情的事呢？

不过，我很快就领悟到了。哦，其实我爸就是"唐·科莱奥内"呀！

虽然在家里貌似天使，可一旦走出家门，就会露出恶魔般的嘴脸，俨如黑手党大佬。

或者仅仅是因为他的内心非常懦弱吗？为了保全自身已殚精竭虑，根本没心思顾及多数人的苦难？我觉得这两种情况似乎兼而有之……

最近这段时间，我一直在独自哭泣。

加上还有我爸搞婚外情的缘故，我感觉所有的大人都不能相信。

这件事情我没告诉润哥，因为我想让他置身我家的悲剧之外。

我想：至少要让我哥永远保持夏日的万里晴空般的灿烂笑容。

我深深地为自己感到羞愧。我就像滚瓜溜圆的肥猪，只顾贪婪地享受不劳而获的财富。而在这些财富的背后，又有多少人承受着深重的苦难煎熬……

我真是羞愧难当、无地自容，恨不得立刻消失。

从那时开始，我就产生了揭穿工厂上层黑幕的念头。

虽然我迟迟下不了决心采取行动，但计划还是在逐步推进。

我跟飞男一起核查工厂员工们的下班时间，也是该计划中的一环。我必须先做些准备工作。

虽然我惨遭流言蜚语的恶意中伤，但也必须极力隐忍，况且我一开始就做好了心理准备。

我早已适应了疯狂针对我的污言秽语，因为这简直就像是我的宿命。

但是，只有时郎一个人……

我不愿意就这样继续被你误解下去，我希望你了解真实的我。

因此，我就策划了"传记大战略"。

当然啦，把自己经历过的事情用文字记载下来，这绝对是我的真实想法。我想：要是孩子们读过我的传记后，能对大人们的腐败行为喊出"不"就好啦！

我们都是"无国界少男少女团"的成员。孩子们在用心观察，他们无所不知。

我们要打破沉默、发出呐喊！我们要鼓起勇气、敢于行动！

如果铺天盖地充满正能量的故事，这个星球必定会成为臻善臻美的世界吧。

连我自己都觉得这个主意相当高明。一石二鸟，还是一石三鸟？

如果实施这个战略，就自然能让时郎了解真实的我，而且还能实现充当时郎的缪斯女神的心愿。我决定激励时郎拓展才能，并给予力所能及的支援。

如果我检举揭发了厂方的渎职行为，恐怕就不能在这座城市住下去了，并且再也见不到时郎了。

时郎只认识我这个随处可见的"校园女王"，再过不久，曾经有过这样一个女孩的记忆就会渐渐淡漠了吧。

桃桃？哦，好像是有位女孩叫这个名字！

那样就太令人悲伤了。因此，我鼓足勇气向你打了招呼。

让时郎了解真实的自己，其实我也有点儿害怕。这很矛盾，对吧？明明是自己的迫切愿望，可一旦到了付诸行动时，就又想逃避。

坦诚地呈现自我，如果打个比方，就像是把自己身上的衣服一件一件地脱去。

尤其对于像我这样的女孩吧，心里一点儿底都没有，无论如何都做不到平静坦然。因为我还没完全适应。

包装自己是我最擅长的事情，即所谓"天赋之才"。

因为我早就意识到自己与众不同，所以一直在想方设法地努力弥补这种差距。

我在这里永远是个"外来户"，反正无论何时何地都会被周围的人随心所欲地捕风捉影、搬弄是非。我想：既然如此就干脆为自己塑造一个独具风格的形象吧。绝对不能暴露真实的自己。

你看，大卫·鲍伊不是扮演过齐格·星尘吗？就是那种感觉，完全改头换面变成另一个人啦！

我如果想在这种环境中体面地生存，就必须贴近大家想象中的形象——司空见惯的"校园女王"。哪怕受到冷嘲热讽也没什么可怕的啦！这总比惨遭敌视要强得多吧，反正我也不可能永远跟他们打交道。

我在这所学校里也跟以前一样，这已经是第几次登台表演了来着？

大家不是都充分发挥想象力并畅所欲言了吗？说我搞什么萝莉游戏，还有什么不洁异性交友，另外还有什么同性恋之类的无中生有的说法吧。他们是不是都以为我没有耳朵呀？

这真会让人笑掉大牙。他们所说的男友肯定是润哥或他们大学同好会的伙伴吧。而同性恋的恋人又指的是谁呢？难道是指我妈吗？那些八卦新闻实在是太幼稚、太丑恶了。

好啦，虽说发生了这样那样的状况，但终归还是得到了时郎的充分理解——一个真实的我。

我们甚至发展到接吻了呢！时郎给我留下了最美好的回忆。

因此，我已经不会有任何遗憾啦！接下来只有义无反顾地奋勇前行。

我当然会犹豫迷惘，还可能产生后悔的念头。在某些范围内，这都是在所难免的事情。

我将背叛家人——背叛妈妈、背叛爸爸，甚至润哥……

而且肯定还会有人骂我"这个当女儿的太不像话了!"。

甚至连我自己都这样想呢!

尽管如此,但这件事依然势在必行,既是为了在厂里工作的人们,也是为了我爸。

我想让我爸成为一个好人。

权力这个东西也太可怕了,人一旦身居上位、权力在手,就会变成另一副模样,还会被洗脑。

所以,我想让我爸赶快清醒过来。虽然我也许一辈子都得不到他的原谅,但即便如此……

最后我要郑重声明:我依然相信那个传说(虽然传说终归是传说),所以我们约定再次见面还在那个地方!

何时重逢我就不说了。我们相互的思念叠加重合之日,就是我们美丽的邂逅之时。

我对此坚信不疑。

我那次跟时郎跳舞可是至高的享受。

我希望我们两人犹如九连环般相互情缠缘绕,永远不会被破解。

我们的恋爱是全世界永不可破的九连环,任何人都无法把我们拆散、分离。不管怎么说,我们是世界最强情侣!

  我爱你,时郎!
  好啦,让我们期待重逢吧!

## 尾声

某个周末的午后,那位女子在约定的时间来到图书室。

担任值日接待的女初中生合起正在阅读的书本,从椅子上站起来。

"下午好!"

"下午好!"

那位女子貌美出众,女生被其完全震慑,非常紧张地接待了这位美丽的访客。

她是模特吗?身材也相当高!说不定还是混血呢!

"您要看的那本书在图书室的最里面。"女生说道,"我带您去。请这边走。"

女生为了缓解紧张的心情,一边走一边自顾自地连续介绍着。

"关于那本书,有位前辈特意做了交代。"

这时,女子"吭哼"地干咳了一声,背上似有发痒的感觉。

"这件事只有文艺部成员知道,并负责管理这本书。可能您也知道,这本书的作者是本校的校友。我们部有位科幻迷学长,就是他向我们介绍的这本书。他们俩曾经是同班同学,据他说那位学长相当厉害,既聪明机智又长得帅气。而且,这本书也做得特别好,看上去就像正式出版的书籍。装订也规范,背后还贴好了借书卡。迄今为止已有相当多的同学借阅过这本书,它实际上已经成为这间图书室非公开的爆品了。"

两人来到摆放那本书的书架前,女生指着书脊说:"就是这本。"

《解不开的谜团》。在这个书名下用稍小字号写着"她的故事"。

"谢谢你!"女子说道,"我可以找个书桌看看书吗?"

"您请吧!我就在那边看自己的书,您有什么事的话可以叫我。"

女子坐在书桌旁,首先确认了一下封面——果然只有书名。

封面用的是有浅浮雕图案的粉红色压花纸,带有银白色的文字。

女子翻开封面,把视线投向第一页。

第一页没有标注目录,直接进入了正文。字体并非手写，而是正规的印刷体。

女子把垂落在脸颊旁的头发拢起，视线投向最上面一行的章标题——"序章"。

她的故事就从这里开始了。

### IN THE WAKE OF POSEIDON
Words & Music by Robert Fripp and Pete Sinfield
© Copyright by UNIVERSAL MUSIC MGB LIMITED
All Rights Reserved. International Copyright Secured.
Print rights for Japan controlled by Shinko Music Entertainment Co., Ltd.


### PLEASE, PLEASE, PLEASE, LET ME GET WHAT I REALLY WANT
Words & Music by Johnny Marr and Steven Morrissey
© Copyright by MARR SONGS LTD. / ARTEMIS MUZIEKUITGEVERIJ B.V.
Print rights for Janpan controlled by Shinko Music Entertainment Co., Ltd.
and Yamada Music Entertainment Holdings, Inc.